あや
きのうよりも
君が好き

contents

勇気を出して、君への第1歩

最初の1歩

眼鏡越しの君

高校に入って２ヶ月、早くも授業中の教室からは新入生達《たち》の希望に満ち満ちた楽しげな雰囲気が失われ、気だるげな空気が漂っていた。
あたしもその空気に一役買ってる訳だけど。
先生に当てられたクラスメイトの、たどたどしい英語を聞きながら、何気なく視線を教室の窓から見えるグラウンドに向けた。
視力はどちらかというと悪い方。
でも友達から“ダサい”と評判の、中学から愛用してる黒縁眼鏡があるから、遠くまでよく見える。
友達が言うには、あたしは眼鏡をかけている時と外している時の顔が驚くほど別人らしい。
コンタクトにすれば少しは見られるよ、とひどい事を言われて試した事があるけど、あたしの目にコンタクトは合わず、友達命名“少しでもマシになろう計画”はすぐに断念。
親にもう少しかわいい眼鏡が欲しいと言ったら、まだ使えるでしょ、と納得させられつつも全然有難くないお言葉をもらった。
そんな訳であたしがこの眼鏡をかけるのは授業中だけと決めている。

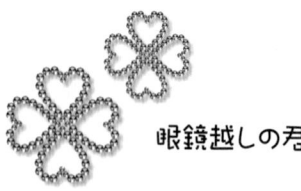

あたしだって少しはおしゃれに気を遣う女の子なんだから。
ボーッと眺めたグラウンドでは、体育の授業なんだろう、別クラスの男子達が走らされていた。
その中の一人、遠目から見てもかなり整った顔立ちをした男子に自然と目が留まる。
「見て、あの白いジャージの人。高部《たかべ》夏保《なつほ》君、かっこいいよね」
あたしの前の席に座る友達の夕子《ゆうこ》が、小声で話しかけてきた。
あたしはそれには答えずに再び視線を話題の男子に移す。
——あれが高部夏保なんだ。初めて見た。
入学して間もない頃、早くもうちのクラスにまで、ある噂《うわさ》が流れてきた。
３組にめちゃくちゃかっこいい男子がいるらしい、と。
別に興味なかったし、他の女子みたくわざわざ３組にお出かけした事もないから今まで見る機会はなかったけれど。
まあ確かに言われてみれば端整な顔立ちだと思う。
噂によると勉強もかなり出来るらしい。
その上人当たりもよく男女問わず人気があるんだとか。
いわゆるパーフェクト男子というやつだろうか。
ここまで来ると嫌みに聞こえるけど。
前のあたしだったら積極的に高部夏保に興味を持ったかもしれない。
だけど、今のあたしの胸は少しもときめかなかった。

まだ胸の中に居座り続ける“あの人”との傷のせいで、恋愛に対して拒否反応を示すようになっていたんだ。
いつまで見てても何かが変わる訳でもないし、いい加減授業に集中しようかと視線を戻そうとした瞬間。
たまたま偶然、こっちに顔を上げた高部夏保と目が合った。
彼は目を見開いて、あたしの顔に釘付《くぎづ》けになったように視線を外さない。
なんだなんだ。あたしのダサ眼鏡に驚いたんだろうか？
そこまでひどい顔じゃないと思うけど。思いたいけど。
答えを求めて高部夏保を見つめ返したら、足元不注意だった彼は盛大に転んだ。
途端に群がる３組の女子。
あたしはといえば、完璧男子でも転んだりするんだな、と妙に感動していた。
ガン見してたのがバレたのかもしれない。
少しだけ高部夏保に申し訳なく思いながら、あたしは退屈な授業へと意識を戻した。

「里《さと》〜、今日暇？」
「どうして？」
昼休みに仲良し四人組で一緒にお弁当を食べていた時、そのうちの一人、夕子がカップグラタンを口に運びながら聞いてきた。
「いやぁ、美晴《みはる》と話したんだけど、彼氏のいない寂しい女同士で友情を深めようってなってね」
「やりかけのビーズ細工作っちゃいたいから暇じゃない」
「内容聞いてから言うなぁ！」
ぷんぷんと頬を膨らませて怒る夕子は子供みたいでかわいい。
その気になれば彼氏の一人や二人すぐに出来そうなもんだけど、夕子の面食いぶりは異常値を表している。
そのせいで彼氏いない歴＝年齢なんだ。
騒ぐくらいなら妥協しろ、と言いたい。
「忍《しのぶ》も行こうよ」
我関せずといった感じで黙々とお弁当を食べ続けていた親友の忍に、美晴が話題を振った。
「そういうのキノコ生えそうでイヤ」
うーん、やっぱり忍の語り口はきっぱりしていて気持ちがいい。
「いいじゃん生えたって！　楽しければ！」
キノコ生えたら楽しくないだろう。
忍は取りつく島がないと理解した夕子と美晴の関心があたしに向けられる。
「里〜、行こうよ〜！　友達よりビーズの方が大事？」
「そんなのいつでも作れるでしょ。でも今日この時、あたし達の友情は今しか温められないんだよ？」
たかが遊びに行くだけの話で、なんでそんな大層な友情論に発展してんの。

返事をしぶっているあたしのお弁当のミートボールに、突然美晴が自分の箸を突き刺した。
「あっ！　こら何すんのよ！」
「行ってくれなきゃ、このミートボール、夕子に食べさせちゃうもんね～」
夕子があーんと口を開けて、美晴がその口へミートボールを放り込むマネをする。
楽しみに最後に取っておいたミートボールなのに！
美晴の奴《やつ》、大人しい顔してやる事がえげつない。
だから彼氏に逃げられたんだよー！
と、実際に言ったら美晴の異常な握力パンチが飛んでくるので口をつぐむ。
「わかったよ！　行けばいいんでしょ行けば！」
こうしてあたしのお弁当箱に無事にミートボールが戻ってきた。
「里はさ、その食い気をなんとかしないと彼氏出来ないかもね」
あたしはミートボールを噛《か》み締めながら、ニコニコ顔の夕子を恨みの眼差《まなざ》しで見つめた。
はぁ……。
夕子と美晴のダブル攻撃には勝てないよ。

「よーっし、まずはカラオケでしょ、やっぱ！」
放課後になり、元気いっぱいに教室を飛び出そうとした夕子が、入り口辺りで凍り付いたように急に立ち止まる。
どうしたのかな、と思って近くに寄ってみると、廊下に意外な人物が立っていた。
高部夏保だ。
間近で見ると、かなりの長身である事がわかった。
180は超えてるんじゃないだろうか。
自然なラフさでセットされた黒髪は、襟足が少し長くて、それがそこはかとない色気につながっている。
澄んだ亜麻色の瞳は繊細でいて力強く、鼻筋はすっと通っていて、形のいい唇は、なるほど、前に女子が『キスしたくなる』と騒いでいたのが頷《うなず》ける色っぽさだ。
こんなに端整な顔立ちの人を、あたしは人生において実際に見た事がないかもしれない。
そう思えるほど、高部夏保は一級の美形だった。
高部夏保は、人好きのする柔らかい笑みを浮かべて夕子に話しかけた。
「このクラスに黒縁眼鏡かけた子いない？」
５組でその条件に該当する人物は、授業中のあたし一人だけだ。
夕子は顔を赤くして、機械みたいなぎこちない動きであたしを指差した。
高部夏保はあたしの前に立ち、人の顔をしばらくじっと見つめると、少しだけ硬い表情で口を開いた。
「名前、教えて」

聞き心地のいい声だな、と思った。
低すぎず高すぎず、高部夏保の口から漏れた言葉は耳に優しくて柔らかく聞こえる。そんな声だ。
「折原《おりはら》里だけど」
どうしていきなり名前を聞かれたのか、その理由もわからないままにとりあえずそう口にすると、高部夏保はふわりと笑った。
「俺、高部夏保。よろしく」
天使みたいな人だなあ、というのが率直な感想。
しかしなぜ初対面の男と名前を言い合っただけでよろしくしなければならないんだ。
思いっきり首を傾《かし》げたい衝動に駆られていると、自分のズボンのポケットをごそごそしだした高部夏保が手を差し出してきた。
その手には白いレースのハンカチが載せられている。
「これ、返しとく」
確かにあたしは、前にこれとよく似たハンカチを持っていて、いつの間にか失《な》くなって探したりもしたけれど、名前が書いてある訳でもないし、本当に自分の物なのかもわからない。
受け取るのを躊躇《ちゅうちょ》していると、高部夏保は無理矢理《むりやり》ハンカチを押し付けてきた。
「覚えてない？」
そう言われても何も思い出せなかった。

あたし前に高部夏保とどこかで会った事があるんだろうか。
「どこかで会った事あるっけ？」
あたしの問いに一瞬だけ視線をそらした高部夏保は、すぐに繕うように笑顔を見せる。
「覚えてないならいい。それより、一緒に帰らない？」
「なぜ？」
「帰りたいからに決まってる」
「……なぜ？」
「折原さんと話がしたいから」
だからなんでだ——！
と聞いても埒《らち》が明かなそうだったので、あたしは別の返答をする事にした。
「ごめん、あたしこれから友達と約束があるから」
しかし、高部夏保は簡単には引き下がらなかった。
「んじゃ、俺も友達になりたい」
なんでこの人こんなに執着してくるんだろう。
あたしと高部夏保の過去に何があったっていうの？
まったく思い出せないけど。
つい今し方まであたしの名前すら知らなかったのに、いきなり友達になりたいとは、見た目の繊細さとは裏腹になかなか図々《ずうずう》しい奴なのかもしれない。
丁重にお断りしようと、口を開きかけた瞬間。
「もちろんだよ！」
「よろしくね、高部君！」

あたしの体を押しのけて高部夏保の前にしゃしゃり出た夕子と美晴が元気よく返事をしてしまった。
「ちょっと二人とも、何勝手に……」
「里も頷きなさい。ほら、早く頷け！」
「高部君と友達になりたいよね!?　ね!?」
言葉尻はすでに脅しと化し、夕子と美晴はあたしの頭を無理矢理コクコクと上下に揺すった。
「やった」
天使のような顔で微笑《ほほえ》む高部夏保だけど、やったじゃないよ、やったじゃ。
どう見てもあたし無理矢理頷かされたでしょ。
恨めしい視線を二人の友人に送ると、当人達は高部夏保の悩殺スマイルに完全にやられて、うっとりとした表情をしていた。
あたしは深い溜息《ためいき》を吐く。諦めの溜息だ。
……まあ、友達くらいならいいか。
今から断ったら夕子達に殺されそうだし。
「俺の事は夏保でいいから。そっちも名前で呼んでいい？」
友達になったばかりで、いきなり名前って呼びづらいな〜、とか、わずかに嫌みも込めて返事をしようと思ったら、また例によって例の如《ごと》く、二人がしゃしゃり出る。
「あたし夕子ですっ！」
「あ、あたしは美晴！」
名前の呼ばれ方に特にこだわりがある訳でもないし。

否定するのも面倒くさくなって、あたしは流れを黙認した。
「これから遊びに行くの？　俺も一緒に行っていい？」
男の分際で友達になった途端、女の輪に入ろうとするなんて厚かましい奴め。
「悪いけど今日は……」
女同士で遊ぶ約束してるから、と言おうとしたら、想像はしてたけどあたしの声は遮られた。
「大歓迎だよ！」
「一緒にいこ！」
おいコラ、女の友情を深めるんじゃなかったのか！
と心の中でつっこみを入れつつ、二人の誘いを断った忍の先見の明を今さらながらうらやましく思った。

純朴少年

そんな訳で四人でカラオケに行く事になった。
あたしの通う、泉野《いずみの》高校の生徒達行き付けのカラオケ店までの道のり、夏保は二人から質問攻めにあっていた。
「夏保君は何か趣味とかあるの？」
猫なで声で夕子が夏保の顔を見上げる。
男を落とすにはこれだよ、と前に自慢していた必殺の上目遣いだ。
何やってんだか……。
「趣味か……。勉強、って言ったらつまんない男だと思われるかな」
「そんな事ないよー！」
「勉強出来る人ってかっこいいよね～。ね、夏保君は彼女とかいるの？」
美晴がつっこんだ質問を投げかける。
こんなに目がらんらんと輝いている美晴を見るのは、担任の古谷《ふるや》先生のカツラが風に飛ばされたのを目撃した時以来だ。
中学から友達やってるけど、美晴の興味ってどこにあるのかよくわからない。
「いないよ」

夏保の答えに二人はホッとした表情を見せる。
「じゃあさ、どんな子が好み？」
「んー……」
歯切れの悪い言葉を漏らして、視線を中空にさまよわせた夏保と目が合う。
夏保は急に慌ててあたしから目をそらし、「かっこいい子」と答えた。
「かっこいい？　かわいいじゃなくて？」
「うん。変？」
「ううん、変じゃない！」
とは答えたものの、夕子と美晴はどこかしっくりこないという表情。
うーん、本格的にビーズ細工の続きがしたくなってきた。
はしゃぐ二人の声と、あしらえばいいのに懇切丁寧に質問に答えを返す夏保の声をどこか遠くに聞きながら、あたしはボーッと三人の隣を歩いた。
いいなあ。恋に一生懸命になれるって。みんなキラキラしてるよ。
……あたしはもう、恋なんてこりごりだ。
「里ちゃん？」
名前を呼ばれて「はい？」と顔を向けると、夏保がこっちを覗《のぞ》き込《こ》んでいた。
「里ちゃんは、どんな人が好みかって聞いたんだけど」
「あたしは……」

一瞬、あの人の顔が浮かぶ。
もう好きでもなんでもないのに、心が勝手に思い出す。
好きだった時間が、傷と一緒に奥深くに刻まれてるから。
「あたしは、別に誰でもいい」
誰が来ようが恋愛するつもりはないって意味で言ったんだけど、これは聞きようによっては、来る者拒まずって意味に聞こえるなと思った。
でも否定は口にしない。
別にそう思われたって困る事ないし。
あたしのいい加減な返答にも、夏保は「そっか」と笑って頷いた。
本当に天使みたいな笑顔。
うらやましいって思ってしまう。
こういう笑い方が出来る人のところには、きっと自然と幸せも舞い込んでくるんだろう。
あたしはそんな風に綺麗《きれい》に、無邪気に、無防備に笑えない。
カラオケルームに入って適当に隅の席に座る。
そしたら隣に夏保が腰かけた。
いや、なんで隣に座るのよ。
夕子と美晴に睨《にら》まれるじゃん。
「里ずるい〜。あたしも夏保君の隣がいいー」
「席替わろうか？」
席を立とうとしたら、夏保が穏やかな声で夕子に言った。
「俺はこのままがいいな」

そこで、すかさず悩殺スマイル。
顔を上気させた二人は「そ、そうですね……！」と声を合わせて納得した。
んで、もう一方の夏保の隣を争ってじゃんけんを始める二人。
いいなあ、青春。
「面白いね、夕子さんと美晴さん」
こっそり小声で話しかけてきた夏保に、あたしも声量を落として答える。
「うん、ほんとに見てて飽きないよ」
苦笑すると、夏保は突然あたしから顔を背けてドリンクに手を伸ばした。
ふと、コップを持つ夏保の左手の小指に古い指輪がはまっているのが見えて。
「その指輪、すごく古そう。年代物？」
「あ、うん。俺んちの家宝みたいなもん。今時家宝ってないよね」
小さく笑ってから夏保はコップに口を付けた。
喉が渇いてたんだろうか。
それにしては唇を湿らせるみたいな、ちびちびした飲み方だけど。
ドリンクを飲む時、ごくりって喉仏が動いて、やっぱ男の子なんだな、とは思うんだけど、なんていうか、この人ってあんまり“男”を感じさせない雰囲気がある。

校庭で盛大にコケたのは例外として、何をしてもいちいちかっこいいのは認める。
だけど、話してみるとそのやんわりとした物腰のせいで、男の人と意識する前に“落ち着ける人”として認識してしまう感じ。
うまく言えないけど、夏保って好きな人とか出来ても多分、友達止まりで終わるタイプの人種だよなぁ。
まあ、とりあえず男女問わず人気があるってのは頷ける。
黙ってると少しクールな男の子なのかなって印象だけど、会話してみると心が和むというか、すごい話しやすい。
「誰が最初に歌う？」
マイクを手にして夕子が言う。
「あたしオンチだし」とか「恥ずかしいから歌えない」とか、急に恥じらいだす二人。
何を言う。いつも変な替え歌まで作って熱唱してるくせに。
「夏保君、歌って？」
「あたしが歌う」
美晴が差し出したマイクを、夏保が受け取る前にあたしが横からかっさらう。
そもそも女同士の友情を深める目的だったんだから、夏保にばっかり見せ場を取られたんじゃ面白くない。
この二人はあたしの美声を聞いて目を覚ますべき。
ぶーっと口をとがらせた夕子達をせせら笑って、あたしは曲目を選んだ。

なんか叫びたい気分だったので、阿部真央《あべまお》のデッドライン
を選曲。
あたしは席を立ち、声を張り上げて熱唱した。
あー、気持ちいい。
作りかけのビーズのクマさんは気になるけど、こういうの
もたまには悪くない。
「すごい声出るね」
歌い終わったあたしに夏保が拍手をしてくれる。
「お粗末様です」
笑顔で返したあたしの腕を、美晴がぎゅっと掴《つか》んだ。
「あたしちょっとトイレに行ってくるね。里もいこ！」
「あたしも行く〜。ちょっとごめんね夏保君」
別にトイレになんか行きたくなかったのに、あたしは強制
的に連れションに駆り出された。
トイレに入った途端、手洗い場の前で美晴と夕子はガール
ズトークを炸裂《さくれつ》させる。
「見た!?　夏保君のあの熱い目！」
「すっごい熱烈だったよー！　あれは絶対里に気があるね」
「ただ黙ってあたしの歌聞いてくれてただけじゃん」
否定したあたしに、反論は許さないとばかりにキッときつ
い視線を向けてくる夕子。
「何言ってんの里、あの目に気付かなかったっていうの!?
こうさ、うっすら頬を赤く染めて聞《き》き惚《ほ》れてたよ！」
「それはあたしの歌がうますぎるから……」

「くそぅ、うらやましいわよ里。なんであたしじゃないのー!?」
「きぃ——、悔しい〜〜！」
二人はもうあたしの言葉は聞かない事に決めたらしい。
勝手な事ばかり口走って地団太を踏んでいる。
「はぁ……新しい恋見付けたと思ったんだけどなあ」
「しょうがないよ。だって里、パッと見、かわいい感じするもん」
「ちょっと美晴、何さりげなく失礼な事言ってんの。よく見たらかわいくないって事？」
「よーっし、あたし友達の恋を応援する！」
「しょうがない、背中押してあげるよ。頑張れ里！」
「頑張らない」
彼氏とかいらない。もう沢山。
と、それを口にしたらこの二人は理由を死んでも聞き出そうとするだろうから言わない。
あの過去を、まだ平気で人に話せるほど思い出に出来てないんだ。
「里！　あんたいつからそんな草食系になったの！」
「むしろ肉食系だった事がないんですけど」
「あたし達が応援するんだから、この恋、逃がしたら承知しないからね！」
当人の気持ちを果てしなく無視して勝手に盛り上がるたくましい友人二人に、あたしは逃げ場を求めて行きたくもないトイレの個室に入った。
恋バナって苦手だ。
この年頃の女子で集まったら避けては通れない話題なんだろうけど、今はまだ前向きに新しい恋に気持ちを向ける気になれない。

夏保は歌がうまかった。
ラブソングにずきゅーんってなってる友人二人は放っておいて、あたしは歌い終わった夏保に拍手を送る。
「うまいね」
本当にうまいと思ったので正直に賛辞を送った。
夕子達は、夏保があたしに気があるなんて言ってたけど、こんななんの取り柄もないひねくれ女を好きになる人なんていないと思う。
一目惚れされるような容姿でもないし……というか、どうしたんだ夏保。
なんか固まっちゃってるんですけど。
あたしなんか変な事言ったかな、と夏保に声をかけようとしたら、夏保の固まった手からマイクが抜け落ちた。
それがいい音を立てて夏保の足の甲を直撃する。
「いって！」
痛みで我に返った夏保が、足の甲をさすろうと体をかがめた瞬間。
テーブルの端の方に置いてあったジュースを引っかけて落

としてしまった。
「ちょっと、大丈夫？」
夏保の制服にまでジュースが零《こぼ》れてしまい、あたしはすぐに部屋を飛び出してスタッフにタオルを借りて舞い戻った。
まず制服のズボンに付いたジュースをタオルで拭き取る。
こういう美形って、何やってもそつなくこなすイメージがあったけど、夏保って……ドジっ子？
でも完璧になんでもこなす人よりも、少し抜けたところのある人の方が愛嬌《あいきょう》があっていい。
「よし、拭けたよ。シミにはならないと思う」
言いながら夏保の顔を見上げると、あり得ないくらい赤くなっていた。
「どうしたの？」
「あ……ごめん、俺。その、えっと」
要領を得ない事をうつむきながらもごもごと口にする夏保。
ジュースを零した事を気にしてるんだろうか。
「別にそんなに恥ずかしがらなくても。あたしもよく零すし」
「そうそう、里って本当に零しまくるよね。この前もあたしのお気に入りの服汚したし」
「ちょっと夕子、それはもう散々嫌み言われたじゃん」
部屋の中に女三人の笑い声が響き渡る。
テーブルの上のジュースも拭き終わって、タオルを返してこようと席を立つと、夏保も同時に腰を上げた。

「そのタオル、俺が返してくるよ」
「そう？　じゃあお願い」
何か歌でも歌ってようかな、と曲目を開いたあたしの前にフリードリンクのコップが二つ差し出される。
「……何？」
「ジュース終わったから注《つ》いできて。オレンジジュースで」
「あたしのコーラもお願いね、里」
「一緒に行こうよ。一人じゃ大変じゃん」
「夏保君のも零れちゃったから注いできてね」
にっこりと笑みを浮かべる二人は、あたしにコップを持たせるとぐいぐいと背中を押して部屋の外へと追いやった。ドアの隙間から顔をのぞかせた二人は、嬉《うれ》しそうな顔で手を振っている。
「頑張れ、里！」
「みんなのジュースを注いで、気の利く女をアピールよ！」
そんなのはどうでもいいけど、二人が意地でもあたしを中に入れまいとドアに張り付いたので、仕方なくドリンクを注ぎにロビーへ向かった。

「あれ？　里ちゃん、どうしたの」
タオルを返してきたらしい夏保が、フリードリンクの機械の前に佇《たたず》むあたしを見付けて近寄ってきた。
「飲み物注ぎに来たんだけど、誰のが何色のコップかわからなくなったんだよね」

「俺の薄い青だった気がする」
「注意してなかったけど、あたしのは黄色だった気がする。ねえ、なんの飲み物がいい？」
「じゃあ、ウーロン茶で。零しても被害が少ないように」
照れたように言う夏保を見て、あたしはクスッと笑ってしまった。
夕子と美晴の物と見当をつけたコップに、不味《まず》そうな新ドリンクの“冷やし飴《あめ》”なるものを注ぎつつ、あたしはずっと気になっていた事を口にした。
「夏保さ、なんで今日あたしに声かけたの？」
「んー……前から気になってたから」
と、そこまで言って夏保は焦ったようにまくし立てる。
「あ、変な意味はないよ!?……なんていうか、里ちゃんと話したら楽しそうだなって思ったんだよ」
「ふーん……？」
「あ、半分持つ」
この話題を早く切り上げたいといった様子で、夏保はあたしの手からコップを二つ奪うと、先を急いで部屋に向かった。
うーん。夏保の事はまだよくわからない。
「ピンクのコップって夕子のだったよね？　誰のが何色か途中でわからなくなった」
「えー、注意してなかったからよくわからないけど、そうかも」

あたしは席に着いてレモンスカッシュを注いだ黄色のコップに口を付けた。
「里〜、それ夏保君のだったりしてね？」
ニヤニヤ顔で美晴がおかしな事を言う。
何言ってんの、と軽くあしらおうと思ったら、あたしの隣でウーロン茶を飲んでいた夏保がブーッと口からお茶を噴き出した。
「ちょ、大丈夫、夏保？」
からかわれたのはあたしなのに、なんで夏保がこんなに取り乱してるんだろう。
また顔赤いし。
「タオル返さなきゃよかったねぇ」
再び濡《ぬ》れたテーブルを見て呟《つぶや》いたあたしの言葉に、美晴達の笑い声が重なった。

夏保とは帰り道が真逆だったので、カラオケ店の入り口で別れた。
女三人横一列に並び、再び恋バナに花が咲く。
ああ、早くビーズのクマさん作りたい。
「夏保君って見た目は派手だけど実はめちゃくちゃ純情？」
「もっとぐいぐい引っ張ってくタイプかと思ってたけど、そのギャップがまたかわいいよね〜」
「うんうん、すぐ赤くなっちゃってさ。ああ、里うらやましい〜〜！」

「まだ言ってんの、二人とも。あたしにはそんな気ないし、きっと夏保だってそんなんじゃないよ」
「へぇ、じゃあどういうつもりだと思うの？」
「ただ友達が欲しかっただけじゃない？　女の子の」
あたしの答えに二人は「里は鈍いから駄目だ」とか「あたし達がバックアップしなくちゃ」とか、妙に張り切って本当に楽しそうだ。
どうして人の恋路にここまで一生懸命になれるんだろう。
それってなんだかんだ言っても自分の世界が満たされてる証拠なのかも。
自分の事で精一杯なギリギリの生き方してたら、人の事なんて考えてる余裕ないもんね。
あたしは、情けないけどやっぱりギリギリなんだろう。
自分の事すらままならなくて、過去に囚《とら》われたままそこから抜け出す術《すべ》もわからない。
あたしは、男の人が苦手だ。
出来ればもう、深い関わりは持ちたくない。

つきたくない嘘

夕子達と別れて家への道を一人歩く。
すれ違った恋人達の幸せそうな笑顔がうらやましくないと言えば嘘《うそ》になる。
だけど今は恋愛には興味が持てない。
こんなあたしが誰かを好きになっても、きっとまっすぐに恋をする事は出来ないだろう。
ひがんで、ねたんで、汚い自分を晒《さら》すだけ。
だったら恋になんてすがりたくない。
家に帰ると玄関にお姉ちゃんの靴があった。
心臓がどくん、と脈打つ。
いつもは少し離れたところに住んでいるお姉ちゃんが帰ってきてるんだ。
あの人も一緒に近くまで来てるんだろうか。
あたしは顔を合わせるのが嫌で、静かに靴を脱ぐと一直線に二階にある自分の部屋へ向かおうとした。
「里ちゃん」
階段の一段目に足をかけようとした時、背中に優しい声がかけられる。
あたしの足は……ううん、全身は、凍り付いたようにその場に固まった。

「久しぶりね。帰ってきたなら挨拶くらいして？」
おっとりと笑いかけてくるお姉ちゃんのお腹《なか》は少し大きかった。
「ごめん、急いで片付けなきゃいけない勉強があったから、それで頭いっぱいだった」
嘘。
本当は別の事で、頭も胸もいっぱいだったんだ。
どうして世界でただ一人の姉にこんな嘘をつかなきゃならないんだろう。
切ない。悲しい。
でも、つかずにはいられない。
つかなきゃ、自分を保てなかった。
「ご飯はどうする？　今母さんとお夕飯作ってるんだけど」
「あたしはいいや。友達と食べてきたから」
これは本当の事だ。
本当の事が言えた時、ホッとする。
まだ、自分の中にも正直が残っていたんだって、安心する。
お姉ちゃんはあたしの傍《そば》まで寄ってくると、温かい手であたしの頭を優しく撫《な》でた。
「久しぶりに里ちゃんとお話ししたかったんだけど、お勉強の邪魔したら悪いわよね……我慢するわ。でも里ちゃん、あんまり無理したら駄目よ？」
「うん、大丈夫だよ」
本当は全然大丈夫じゃないけど。

大好きなお姉ちゃん。
昔からあたしの事を特別にかわいがってくれてた憧れの人。
お姉ちゃんみたいになりたいって、本気で近付こうと努力した時もあった。
だけど自分は、外見的にも内面的にも、お姉ちゃんの足元にすら及ばないと気付いた。
お姉ちゃんの顔を見ていると、どうしても傷がうずく。
忘れようとしてるのに、胸の奥の傷がじくじくと痛む。
妹で、女の自分から見ても、お姉ちゃんは綺麗だ。
そうだ、誰もが惚れてしまうくらいに。
“あの人”もよそ見してしまうくらいに。
それはわかっている。
わかっているけど、幸せいっぱいのお姉ちゃんを見ているのは今はまだつらい。
「お姉ちゃん、今日はどうしたの？」
早く自分の部屋へ行きたかったけれど、不自然に会話を切っては怪しまれると思い、何気ない一言で間をつなぐ。
「たまには顔見せないとって思って。あと、お腹の子のエコー写真を母さんに見せたいと思ってね。あ、里ちゃんも見る？　かわいいのよ」
ああ、この人は。本当に綺麗に笑う。
胸が苦しくなるくらいに、綺麗に。
「あたしはまたでいいよ。体、大事にね」
そう言って階段に足をかけた。

あたしの背中に「ありがとう」って、お姉ちゃんが言った。
悪意のない純粋なまでの優しさが、あたしの胸を突き刺した。
お姉ちゃんに嘘をついているという罪悪感。
お姉ちゃんの顔をまっすぐに見られない自分への嫌悪感。
色んな感情が胸に押し寄せて、吐き気にも似た思いが込み上げてくる。
心配なのは本心だよ。
幸せになってほしいのも本心だ。
でも、つらい。
お姉ちゃんの笑顔の下で、あたしの幸せはその踏み台になってる。
そんな事思っているのは、世界中であたしだけだろうけど。
お姉ちゃんにはなんの責任もない。
一片の罪もない。
そんな事は痛いほどわかってる。
だからこそ、気持ちのやり場がわからないんだ。
部屋に入って床に荷物を放り出し、あたしは机に突っ伏した。
こんなにつらい思いをするくらいなら、あんなに本気で好きにならなければよかった。
どうしてあの人を好きになってしまったんだろう。
どうしてあの人は、あたし達姉妹の間に入り込んできたんだろう。

あたしは何を間違えた？
何を正しく選択していれば、こんな思いをしなくて済んだの？
何もわからない。
何一つ答えなんて出ない。
一つだけ迷いなく言える事は――もう恋なんてしたくない、絶対に――それだけだ。
平気な顔でお姉ちゃんの隣に陣取ったあの人を信じられなくなった時から、心から人を信じられなくなった。
どんなに善良に見えたって、人間なんて腹の底では何考えてんのかわからないんだから。
あたしみたいに、表面ではへらへら笑ってても、内側にはこんなドロドロした感情を隠し持ってる奴だっているんだもの。
お互い深く踏み込まないで、一定の距離を置いて付き合っていくのが一番賢いやり方なんだと思う。
それが、弱虫なあたしが出した精一杯の結論。

双子の親友

なんだろう、教室の前に人だかりが出来てる。
HRが始まる前の５組の教室前にたかった人ごみは、よく見ればほとんどが女子だ。
その中心で、頭一つ分飛び出して困り顔をしているのは、あたしの知っている顔だった。
「あ、里ちゃん！」
向こうもあたしに気が付いたようで、手を振りながら「ごめんね」と断りつつ女子達を割って近付いてくる。
「どうしたの？　わざわざこっちまで来て、何か用？」
あたしが問いかけると、夏保は照れたように笑って。
「きのう、楽しかった」
「うん、そうだね」
別に話を合わせた訳じゃない。
実際にあたしも楽しかったし。
でもそう答えたら、会話が終わってしまった。
あたしの前には変わらずはにかんでいる夏保が立っていて、周りにはあたしに敵意の眼差しを向ける女子の群れ。
おいおい、あたしはこんなところで敵なんか作りたくないのに。
こんな嫌な役回りをあたしに押し付けてまで、夏保がここへ来た目的って何？
「あの、それで何か用？」
もう一度同じ事を聞くと、夏保はあたしに手を振った。
「あ、うん、それだけ。じゃあ、また」
一人清々《すがすが》しい顔で去っていった夏保の背中を見送りながら、あたしはしばしその場に立ち尽くす。
おーい。
そのためだけにあたしを女子の敵にしたのか。
夏保って本当に何考えてるのかよくわからない。
楽しかったって、わざわざそれを言うためだけに、教室の前で待ってたんだろうか。
まあ、携帯番号とかまだ交換してないし、気持ちを伝えるには直接言うしかなかったんだろうけど、それにしても律儀な人だな。
変わってるって思ったけど、友達なら、いい奴なのかもしれない。
友達ならいい。
何人いたって困らないもの。
でも、それ以上は誰にも踏み込ませない。
もう、これ以上痛い思いはしたくないんだ。

席に着くとニヤニヤ顔の忍が近付いてきた。
こんないやらしい表情しても美人に見える顔は得だと思う。
「夕子達に聞いたよ、あんたあの高部夏保に目ぇ付けられたんだって？」
「変な言い方しないでよ、ただの友達だし、それ以上の関係にはならない」
「もったいない。どこが不満なの？　高部君を落としたい女子が何人いると思ってんのよ」
「さあ、知らないし興味ないもん」
「本当にあんたは、なんでそんなに恋愛に興味がないのやら」
親友の忍にも過去の大失恋の話はしていない。
たとえ親友が相手でも、軽々しく話せるような出来事じゃないからだ。
ちゃんと思い出に出来れば……過去に出来れば、話せる日が来るのかもしれない。
でも、あたしの中ではまだあの傷は過去でもなんでもなくて、今現在の悩みそのもので、同情されるのも嫌だったし、こんな弱い自分を誰かに見せられるほどの勇気も持てないでいる。
「だぁかぁらぁ、里はオレの事が好きなんだもんな？　困るなぁモテる男は」
横合いから突然話に割り込んできたのはもう一人の親友、豊田《とよた》丈《じょう》だった。
忍の双子の弟だ。
ちなみにどっちも美形だけど、二卵性なので顔はまったく似ていない。

この二人とは中１の時に意気投合してからずっと親友をやってる。
二人ともさっぱりした性格でとても付き合いやすい奴らだ。
「誰がいつあんたを好きだって言った？」
まあ実際、丈はモテてる訳だけど。
茶色に染めてワックスで軽く立てた短髪はよく似合ってるし、少し焼けた肌は健康的で見る人に悪い印象は与えない。
忍はそんな丈に向かって、フンと鼻を鳴らす。
「あんたみたいなのは里の好みじゃないよ。遊んでそうなのはNGなの、里は。ね？」
「うん」
「はっきり言うんじゃねえよ、傷付くだろうが。つうか遊んでねえし」
むっつりした丈を、忍と二人で笑ってからかった。
「誰も遊んでるなんて断言してないじゃん。遊んでそうって言っただけ」
「おい里、少しも慰めになってねえんだけど」
本格的にいじけ始めた丈を見て、あたしと忍は声を上げて笑った。
まあ、丈が本当に遊んでないのは知ってる。
ちゃらちゃらした見た目してるけど、勉強だってあたしよりは出来る方だし、今までの付き合いで丈に彼女がいるという話は聞いた事がない。
そういえば忍にも彼氏がいるって話は聞いた事がないな。

美男美女の姉弟《きょうだい》なのに、この二人は見た目の華やかさとは
裏腹に恋愛面では結構ガードが堅いのかもしれない。
もしかしたら、恋愛そのものに興味がないだけかもしれな
いけど、それは今のあたしにとっては有難かった。
他の子達と違って、二人との話では真剣な恋愛話が持ち上
がる事はまずないからだ。
そういうのも気楽でこの二人と一緒にいたいと思う理由か
もしれない。
今は、幸せそうに、楽しそうに、恋と向き合ってる子達を
見るのが苦しいんだ。
いつまで、どこまで、引きずればいいんだろう。
この思い、この傷を。
いつまでも忘れられずに腐ってる自分がいい加減嫌になる
けれど、どうしたら平気でいられるのか、その方法がわか
らない。
新しい恋をしたら忘れられるとか、誰かに相談したらそう
いう答えが返ってくるのかもしれない。
あたしだって前を向きたい。
本心から笑って人を好きだと言いたい。
だけど、無理なんだ。
わかってる。
あたしの気持ちはまだ、あの人に向けられてるから。
あの人に心を預けたままだから。
好きとかそういうんじゃない。

もうあの人の事は好きじゃないどころか、むしろ大嫌いだ。
だけど、心がどうしてもあの人に縛られてしまう。
早く心を返してほしいのに、もうどうしようもないのに、
気持ちが囚われたままだから、前を向けない。
「里、ブスになってるぞ」
忍にツン、とおでこを突かれる。
「本当に驚くべきブスになってたぜ」
「誰がブスよ、誰が」
「何考えてたの？　深刻な事？」
あたしの顔を窺《うかが》うように、忍は小さく首を傾げた。
そのまっすぐな黒い瞳に、心の中まで見透かされそうで怖くなった。
「んーん、なんでもない」
無理矢理口角を上げて笑ってみせる。
忍は少し納得のいかない顔で、ぽんぽんとあたしの頭を撫でた。
「まあ、悩みとかあったらすぐ言う」
「そうそう、溜《た》め込《こ》んどいても悩みなんて重くなるだけだしよ」
「ありがとう、二人とも」
ごめんね。
本当の事が言えなくて。
でもあたしは、忍の事も丈の事もすごく大事な友達だと思ってる。

嘘ついたって、ごまかしたって、その気持ちだけは変わらないから。
どうか、さらけ出せる勇気が出るまで見捨てないでいてほしい。

第2歩

半分こ

「やっとお昼だね～。お腹減ったぁ」
美晴が鞄《かばん》の中からかわいい包みのお弁当を取り出して近付いてくる。
いつものメンツでお弁当を食べようと机をくっつけていると、教室の入り口で少しざわつく声が聞こえた。
何気なく視線を飛ばせば、そこにはにこやかな表情の夏保が立っていて、あたしと目が合うとこちらに向けて手を振った。
「夏保君！　どうしたの？」
すかさず飛びつく夕子と美晴。
忍は興味がなさそうに、席に着いてお弁当の包みを開いている。
「一緒に昼飯どうかなって。天気いいし、中庭とかで」
夏保の言葉に一瞬顔を見合わせた夕子と美晴は、すぐに大きく頷いた。
「ほら、里も忍も行くよ！」
「あたしはいいから、みんなで行ってきなよ」
あたしも忍と同じ意見だったんだけど、二人はあたしの意見は最初から聞く気がないようで、無理矢理席を立たされて引っ張られるように教室から連れ出された。

「あ！　ごめーん、あたし用事があったんだ！」
「やば、そういえばあたしも。ごめんねぇ、二人で行ってきて？」
中庭に向かう途中の廊下で、突然そんな事を口走る友人二人。
「じゃあ、またね！」
嬉しそうに夕子達は廊下の向こう側に走り去っていった。
……まあ、そんな事だろうとは思ったけど。
「行こっか」
「あ、うん」
二人の不自然なまでの勢いに多少気圧《けお》されてボーッとしていた夏保にそう声をかける。
別に夏保と二人になるのは嫌じゃない。
夏保はいい奴だし、あたしの友達だし。
いくら夕子達がくっ付けようとしたって、あたしがその気にならなければ友達でいられるんだ。
初夏の暖かい日差しが降り注ぐ中庭の芝生は、腰を下ろすと絨毯《じゅうたん》みたいで気持ちがよかった。
「それ里ちゃんの手作り？」
膝の上で蓋を開けたあたしのお弁当を覗き込んで夏保が言う。
「そうだよ。お弁当の前日の夕飯はあたしが作ってるの。次の日お弁当のおかずに使えるように献立考えてるから」

「毎日弁当じゃないって事か」
ニンジンのグラッセパンにかじり付きながら夏保が聞いてきた。
パンを持つのとは逆の手にはいちごミルクのパックを持っている。
夏保って結構甘党なのかもしれない。
「お弁当の日は火曜日と金曜日だけ」
「なんで？」
「この二日だけは、購買であたしの好きなレーズンバターシュガーパンを取り扱わないから」
「それ、うまいの？　名前だけはうまそうだけど」
「人によるかな。ちなみにあたしの周りの子みんな、太りそうでイヤとかコッテリしてるとか言って、わかってくれません」
ははっと笑った夏保の顔は、中庭を吹き抜ける風のように爽やかだ。
眼福、眼福。
恋愛に興味がなくたって、美しい人やかっこいい人を見たらそれは人並みに感動があるというもので。
夏保の表情の一つ一つは、切り取って絵にして壁に飾りたいくらい様になる。
そんなあたしのいやらしい思考には欠片《かけら》も気付いていないようで、夏保は最後のパンを口に放り込むとぽつりと言った。

「俺も弁当にしようかな。作る楽しみもあるし」
「夏保って料理出来るの？」
「こう見えても俺、料理得意なんだぞ」
「えー、なんか意外なんですけど」
「なんで？　俺、家庭的に見えない？」
夏保って優しそうだし物腰は柔らかいけど、あんまり家庭的には見えないんだよな。
見た目が派手なせいかもしれない。
髪も染めてないし、ピアスの穴とかも開けてないのに派手な印象を与えるのは、生来の顔が恐ろしく華やかなせいだろう。
飾らなくても充分に見られる顔なのはうらやましいけど、この顔で色々損する事とかもあるんだろうなあ、やっぱ。
女の子にもてはやされるのとか苦手そうだし、苦労も多そうだ。
「そんなに迷うなよ」
「あ、ごめん」
思考が違う方に飛んでたわ。
「じゃあさ、夏保のお弁当を見て家庭的かどうかあたしが判断してあげる」
「うわ、それ緊張するな」
「ふふん、逃げないでよ」
「じゃあ、明々後日《しあさって》の金曜日、弁当作ってくるから」
なんで明々後日なの？

と思ったけど、献立考えたり気合い入れる準備期間なんだろうと勝手に解釈した。

初めて夏保と一緒にお昼を食べてから、翌日も翌々日も誘われた——
夏保はこの二日間、昼休みになった直後に教室にやってきて、嬉しそうに中庭に行こうと言ってきた。
忍達と一緒にお昼を食べたいな、とも思ったんだけど、当の忍達が「いいから行っておいで」と言うので、あたしは夏保の誘いに頷いた。
でも決して“仕方なく”とかそういう理由ではないんだ。
夏保と一緒に過ごす時間は純粋に楽しいし、話が弾むし、気取ったところがないから好感が持てる。
「レーズンバターシュガーパンうまいね」
「でしょ！　よかった、やっとこの味がわかる人に巡り会えたよ」
「里ちゃん、大げさ」
あたしの隣で一押しのパンをかじりながら、夏保はほわほわした表情をしている。
そんなに幸せそうに食べてもらえれば、パンもさぞかし嬉しい事だろう。
「でもさ、こっちの新商品の甘納豆入りメロンパンもうまいよ」
「ちょっとそれはどうかな。名前がすでに受け付けない」

「食べてから言う」
夏保に勧められて一欠片口に入れると、想像よりはるかにおいしかった。
「悔しいけどおいしい」
満足そうに笑って、夏保は甘納豆入りメロンパンを半分に割るとあたしに手渡してきた。
「ありがと」
夏保と過ごす時間は心が落ち着く。
夏保を取り巻いてる柔らかい雰囲気のせいかな。
決して女っぽい訳ではないんだけど、モロに男を出したりしないから、一緒にいて安心出来るんだ。
話しやすいし、気が利くし、本当にいい奴だと思う。
あたし、夏保と友達になれてよかった。
こんな関係ならいつまでも続けたい。
「里ちゃんって好きな食べ物、何？」
なんだか隣で夏保がもじもじしているな、と気になっていたら、いきなり質問された。
「比較的なんでも食べる方だけど、そうだな。野菜とお肉が一緒に料理されてる物が好きかも。春巻きとか肉じゃがとか」
「ふーん」
夏保は聞いているのかいないのか、気のない返事をしてぼけっと空に顔を向け、何かを考えてるみたいだった。
夏保みたいなふわふわした人って、普段どんなことを考えてるのかな。

いくら考えてもわからない事に思考を巡らせつつ、今日も昼休みは過ぎていった。

金曜日の中庭

「夏保……それ本当に自分で作ったの？」
恒例の中庭での昼休み。
隣に座って蓋を開けた夏保のお弁当を見て、あたしは絶句した。
見た目の豪勢さもさることながら、お弁当箱という限られた空間の中で色と食材が調和して、蓋を開けた瞬間立ち上ったえも言われぬ匂いと共に一気に食欲を増進させる……って、あたしは何を頭の中で料理番組の司会みたいなセリフを繰り広げているのか。
ようするに何が言いたいのかと言うと、高校生が学校に持ってくるお弁当ではない。
「料理得意だって言ったろ。で、点数は？」
一瞬首を傾げそうになって、この前の自分の発言を思い出す。
確か家庭的かどうか判断するって言ったんだよね。
「主夫になれるよ、夏保。あっさり認めるの悔しいけど、100点」
「よし」
夏保は嬉しそうに拳を握り締めた。
このパーフェクト男め。

なんか女として負けたみたいで悔しいぞ。
こんなすごいお弁当持ってこられたら、隣できのうの夕飯の残り物詰めた自分のお弁当開けるの恥ずかしいじゃないか。
もっと気合い入れて作ればよかったなあ、と少しだけ後悔しながら、あたしは膝の上にお弁当箱を載せた。
お弁当箱を開けようとしたまさにその時。
「あのさ！」
急に大きな声を出した夏保にびっくりするあたし。
お弁当落としそうになったじゃんか。
「ど、どうしたの？」
すごく真剣な顔で夏保が見つめてくる。
な、なんだろう？
あたし何か悪い事したのかな。
「……交換、しない？　弁当」
夏保は自分のお弁当をこちらに差し出して、代わりに膝の上に置いたあたしのお弁当箱に目をやった。
夏保の行動が読めない。
どうしてそんなすごいお弁当と、粗末な残り物弁当をわざわざ交換しようとすんの。
「あー……あたしのおいしくないかも」
ためらってそう言うと、夏保は珍しくキリッと表情を作って。
「それは俺が決める」

いつものふわふわしてる夏保とは別の一面を見た気がした。
「そこまで言うなら交換してもいいけど……本当に粗末だよ？　あたしの」
ちゃんと人の言ってる事聞いてるんだろうか。
夏保は心底嬉しそうにあたしのお弁当を自分の物と交換した。
あーあ、蓋開けたら絶対後悔するよ。
かわいそうだけど、もうあたしのお腹は夏保のお弁当用に出来上がっちゃってるからね。
返さないからね。
女っけのないお弁当にさぞかしがっかりするだろうなぁ、と蓋を開けようとしている夏保を横目で見やる。
「うまそう……これ本当に俺がもらっていいんだよね？」
子供みたいに目をキラキラさせて喜ぶ夏保。
なんて無邪気なんだ。
「それはこっちのセリフだよ。こんな物でそこまで感動されると逆に嫌みに感じるんですけど」
「だって本当に感動したんだって。俺、嘘だけはつかないよ、絶対」
普通の女子ならこのセリフと真剣な眼差しにイチコロなんだろうな、と思う。
「じゃあ、いただきます」
改めて夏保のお弁当をじっくり見て、ある事に気が付いた。
チンジャオロースとか、アスパラのベーコン巻きとか、お肉と野菜が一緒に料理されてるおかずがほとんどだったんだ。
これって……あたしの好きな物を詰め込んだんじゃないかって、よほど鈍い奴じゃなければ誰でも気付くと思う。
最初っからお弁当を交換するつもりで作ってきたんだろうか。
それなら初めに言ってくれればもっと豪勢なやつを作ってきたのに。
味を見るべく箸を運んだあたしに、夏保がすかさず言う。
「あ、それ自信作」
彼氏にお弁当をご馳走《ちそう》してる彼女みたいな事言うな。
と心の中でつっこみつつ口に運んだチンジャオロースの味は一級品。
どこか一ヶ所くらい欠点はないのかー、とむきになって次々とおかずを口に放り込んだけれど、残念ながら夏保の腕は完璧だった。
なんなの、この敗北感。
ご飯の炊き方まで負けたような気がする。
「夏保、すっごくおいしかったよ。ごちそうさま」
「よかった、そう言ってもらえて」
綺麗に完食したお弁当箱を返せば、夏保は量的にも少なかったはずのあたしのお弁当をまだ食べている。
「ゆっくり食べるんだね」
「いつもは速いよ。味わって食ってるだけ」

本当に味わって食べているようで、夏保は幸せそうにもぐもぐと口を動かしている。
それを見てたらあたしまで幸せな気持ちになってきた。
夏保がお弁当を食べ終わったのは昼休みが終わる10分前だった。
「めちゃくちゃうまかったよ。里ちゃん料理うまいね」
「それ嫌み〜」
頭を抱えたあたしを見て「俺、お世辞が言えるほど気の利いた人間じゃないし」と夏保は笑った。
教室に戻ろうと腰を上げたら、制服に付いた芝生を払いながら夏保が。
「また交換しようよ」
少しだけ緊張してるのかなって顔でそんな事を言った。
「夏保がいいならいいけど……」
夏保のおいしいお弁当が食べられるなら、あたしとしては願ってもない申し出だ。
でも夏保になんのメリットが？
自分で作ったお弁当の方が絶対おいしいだろうに。
「じゃあ、毎週金曜日は交換する日って事で」
なんかへんてこなお願いだったけど、あたしはそれに頷いた。
今度は少し気合いを入れて作ってこよう。

理想の友達

夏保との会話は自然と好きな食べ物の話題が中心となった。
「あたしは、この前のキャベツ入りササミカツがおいしかったなあ」
「俺は里ちゃんのポテトサラダが好き。あと玉子焼き」
そして次の金曜日にその料理を作ってくるって感じだ。
自分で自分のお弁当を食べている時は、やっつけ作業でこなしてたんだけど、別の人が食べるとなると入れる気合いも違ってくる。
褒め上手の夏保が感想を言ってくれるから、張り合いも出て、近頃料理が楽しくなってきた。

中庭から教室に帰ると必ず夕子と美晴が群がってくる。
「どうだった？　なんか進展あった？」
「別に。なんの食べ物が好きかとか、そういう話しただけ。というか進展なんてある訳ないじゃん、ただの友達だもん」
「つまら――ん！　里、あんたつまんないよ！」
「なんでなの――！　なんで里を選んだの夏保くーん！」
ぎゃあぎゃあと騒ぎ立てる二人は無視して、あたしは自分の席に着いた。
「人の事ばっかり気にしてないで、自分の彼氏でも見付けたら？」
忍のあたしへの助け船が聞こえたらしく、夕子達は急に大人しくなって「だって」とか「でも」とか小声で言いながら口をとがらせた。
やっぱり傍《はた》から見ると友達同士には見えないのかな、あたし達。
夏保も全然つっこんだ事は聞いてこないし、ちゃんとした交友関係を築けてると思うんだけどなぁ。
授業中にふと窓ガラス越しに校庭を見たら、夏保の姿を見付けてしまった。
３組は今体育の時間なんだ。
また転ぶなよーと思いながら夏保の姿を目で追ってたら、テレパシーでも通じたのか向こうもあたしに気が付いたみたいで、走りながら嬉しそうに大きく手を振ってきた。
ああ、よそ見してたらまた転ぶよ。
夏保、ドジっ子属性持ってるんだから。
反応を返さないといつまでも手を振ってそうだったので、あたしも軽く手を上げてそれに応えた。
「よし、じゃあ折原」
——へ？
いきなり自分の名前を呼ばれて視線を教壇に移すと、数学教師の杉浦《すぎうら》先生がチョークを持った手であたしを指していた。
「え、あたしですか？」

「お前今手ぇ上げただろ。この問題解いてみろ」
ぎゃあ―――っ！
心の中で悲鳴を上げつつ、渋々黒板の前に立つもまったくわからない。
数学は苦手なんだよ～。
「すみません、わからないです……」
恥ずかしさでしゅんとうな垂れたあたしの頭を、杉浦先生はこつんと軽く小突いた。
「なんでわからないのに手を上げるんだよ」
先生は苦笑。クラスメイトは大笑い。
席に戻る際に、忍に小声で「あんた最高だよ」と言われた。
断じてお笑いをやった覚えはない。
あーくそ、恥かいた。夏保のせいだー！

「今日ね、夏保のせいで恥かいたよ」
数学の授業から今まで熟成させた恨みを、放課後に教室にやってきた夏保本人にぶつけた。
理由を話すと夏保は声を上げて笑いやがって。
「笑い事じゃないよ、まったく。誰のせいだと思ってんの」
夏保とは家の方角が別々だから、毎日放課後になると教室まで迎えに来る夏保と校門まで一緒に歩くのが日課となっていた。
あたしの隣を歩きながら「ごめんごめん」と口にした夏保の顔は全然悪いと思ってない様子。

こっちのジト目に気が付いたのか、夏保は少し慌ててあたしの気が紛れる言葉を口にした。
「勉強でわからないとこあったら俺教えるよ」
「そういえば夏保って頭いいって噂だよね。実際、勉強出来るの？」
「中学まではそれしかやる事なかったから、ほどほどには」
「ふーん。それさ、後で教えてやった代わりにとか言って条件付けたりしないよね？」
「えー、じゃあ、弁当のおかず一品増やしてもらおうかな」
「ちょっと～それはないよ」
あはは、と声を上げて笑う夏保は見ていて気持ちがいい。
裏表がないっていうか、素直だし、一緒にいると自分まで気持ちのいい人間のような気がしてくる。
勘違いだけど。
いい友達だよなぁ。
あたしって友達に恵まれてる。

いちごミルク

なんだかんだで、毎日夏保と話してる。
お互いに友達と認識してる割には、夏保とはまだ携帯番号を交換していない。
気を遣ってるのか夏保も聞いてこないし、友達に言われた『夏保はあんたに気があるよ』って言葉が少し気になるから、色恋沙汰に巻き込まれたりすると嫌だし、あたしも自分から教えようとは思わなかった。
それにしても、クラスが違うのに毎日夏保と話してるな。
同じクラスでも一度も話した事ない人とかいるのに、なんか不思議な感じ。
暇さえあれば、夏保は毎日あたしのクラスまで顔を見せに来る。
「何か用？」と当然の疑問を口にすると。
「おはよう」とか「いい天気だね」とか、笑顔でそれだけ言って自分の教室へ戻っていく。
あたしとしては「それだけ？」って感じなんだけど、夏保はそれで満足みたいで、にこやかに去っていくんだよね。
まあ、あたしも夏保と話すのは嫌いじゃないから、用がないなら来ないでよとか、うるさい事言うつもりはないんだけど、代わりに周りがうるさいんだよな。

一度も話した事のない女子に、『どんな関係？　高部君の事好きなの？』って問い詰められたり、正直に『友達だよ』って返しても疑いの眼差しを向けられる。
あたしとしてはこんな不毛なやり取りしたくないのに、多少は自分のイメージってもんがあるから無下にも出来ない訳で。
あーもう本当に面倒くさい、恋愛って。

HR前にジュースを買いに購買前の自販機に向かったら、後ろから夏保に声をかけられた。
「どうしたの？　何か用？」
「里ちゃん見えたから来ちゃった。用は……ない、ごめん」
犬か、あんたは。
夏保って誰にでも付いていっちゃいそうな子犬みたい。
本当に面白いなぁ。
行動とか言ってる事が一人漫才を見てるみたいだ。
一生懸命なんだけど、空回りしてるというか。
でも嫌みはないんだよね。
「夏保って……」
「うん？」
「貴重だと思う」
「え、なんだろ、褒められたと思っていいのかな」
「うん、あたしなりの褒め言葉」
「そっか」

こんな純真の塊、今時なかなかお目にかかれないって。
国宝ものだよ。
って、そこまで言うと、さすがにバカにしてるみたいに聞こえなくもないので喉の奥に押し込んだ。
「里ちゃん、何買うの？」
「どうしよっかな。いつもはオレンジジュースなんだけど……おすすめは？」
「絶対いちごミルク」
「んじゃ、それにする」
「俺も買おう」
あたしがいちごミルクを取り出すと、夏保もお金を入れて同じボタンを押した。
「夏保、よっぽどいちごミルクが好きなんだね」
「幼稚園の時からの好物だから。俺って好きになったらそればっかりの人間なんだよな。融通が利かないっていうか」
苦笑いを浮かべる夏保だけど、それってすごい事だと思う。
飽きて捨てたり、途中でやめたりする事って簡単だけど、一つを追い続けるってすごく難しい事だもん。
あたしって、幼稚園の時から貫き通してる事って何かあっただろうか。
『かわいいお嫁さんになりたい』って。
周りに笑われながら中学まで温めていたその夢は、もう捨ててしまった。

「里ちゃん、そろそろ戻らないとHR始まる」
夏保に声をかけられて我に返ったあたしは「またね」と手を振ってその場を離れた。

「高部君ってストーカーみたいだね」
毎日用事もないのに事あるごとに５組までやってくる夏保を見て、忍がぽつりとそんな事を言った。
「ええ、ストーカー？　ないないそれは。夏保はそんな陰湿な感じしないもん」
あたしが否定すると、横合いから丈まで話に参加してきた。
「でも高部は絶対に里を狙ってるだろ。男がなんの下心もなしに一人の女にあそこまで執着する訳ねえって」
「夏保は友達だし」
「友達なんて建前で、あっちは絶対そうは思ってないよね」
そんな訳ないって、と否定したいものの、親友として信頼しているからだろうか。
豊田姉弟に言われると、妙に納得してしまう。
そういえば夏保、好きになったらそればっかりだって言ってたよね。
前にテレビで見たインタビューで、ストーカーの人も同じ事言ってた気が……。
落とせるチャンスがあるって思ってるから、夏保はあたしの傍に寄ってくるのかも。
夏保の事は決して嫌いな訳じゃない。

だけど友達以上を期待されてるなら、それは駄目だ。
受け入れられない。

第3歩

守りたい距離

ストーカーだなんて本気で思った訳じゃない。
少し一緒にいただけだけど、夏保が人間的に優れてる奴だって事は充分に理解してるつもりだし。
あたしが気にしてるのはそんな事じゃなくて。
もっと別の心配事が胸をよぎったんだ。
はっきりさせた方がいいのかもしれない。
あたしのためにも夏保のためにも、終わらせるなら深くお互いを知る前の方がいい。
昼休みの中庭で、あたしの隣に座ってパンを食べている夏保に聞いてみた。
「ねえ夏保。どうしていつもあたしに話しかけてくるの？」
夏保は一瞬きょとんとした顔をして。
すぐにふわりと笑った。
「里ちゃんと話してると楽しいから」
その顔を見て、自分の中で不安が大きくなる。
やっぱり夏保は、今のままの関係でずっといるつもりはないんじゃないだろうか。
このまま夏保と友達を続けていると、自分の守っている深い場所に踏み込まれそうで怖い。
天使みたいな顔で無邪気に笑って、人の領域に図々しく入り込んできそうで。
それは避けたかった。
それだけはやめてほしかった。
あたしの中の傷が夏保の悪意のない笑顔に警鐘を鳴らす。
「ごめん、あたし用事思い出したから行くね」
「え？」
夏保の返事も聞かずにあたしは中庭を後にした。
早足で教室までの道を戻りながら、自分は今どんな顔をしているだろうかと考えた。
きっと、すごい不細工な顔してる。
誰にも見せられないような、最悪の顔をしてるに違いない。
自分が傷付くのが怖いあまりに、人を傷付けるような人間なんだあたしは。
どうして夏保はこんなあたしの隣に居座ろうとするんだろう。
友達としても人間としても。
釣り合わないよ、あたしと夏保じゃ。
夏保と距離を置きたい。
あたしの弱い心が守れる距離を。
でもその前に最後に一度だけ、ちゃんと夏保に確かめよう。
それで駄目なら、この居心地のいい場所とはさようならだ。
夏保と一緒に校門までの道を歩きながら、あたしはその言葉を口にした。
「……夏保、あたしの事好き？」

「え……うん、好き」
少し戸惑いながら夏保は答えた。
言わないで。
あたしの考えてる事と逆の事を言って。
強くそう思いながら次の質問を投げかける。
「女として好き？」
夏保は一瞬うつむいて、すぐに顔を上げると真剣にあたしを見据えた。
「聞かないとわからない程度にしか気持ち伝わってなかったって事か」
大きな声じゃなかったけど、その言葉を聞いたあたしは、ぎゅっと唇を噛み締める。
駄目だ。
やっぱりこの人は友達の壁を壊そうとしている。

次の日からあたしは少しずつ夏保を避けるようになった。
昼休みに誘われても、外せない用事があるからと言って断ったり、金曜日のお弁当交換も、しばらくお弁当作れないからと言って断った。
教室に夏保が来ても素っ気ない対応ですぐに話を切り上げたり、あたしはあなたに興味はありませんよって事を強調したりして。
でも夏保は空気が読めない人間なのか、変わらない態度であたしに接してくる。

それがまた心を締め付けた。
はっきり言った方がいいんだろうか。
あんまりあたしに付きまとわないでって。
嫌われたいと思っているのに、そのセリフを言った時の夏保の顔を想像すると、怖くて口に出来なかった。
こういうどっちつかずな言動が、一番人を引っ張り回して深く傷付けるって知ってるはずなのに。
あたしだって本当は、夏保との時間を失くしたくなんかない。
でも怖いんだ。
友達以上の関係になったらまたあの苦しい思いに縛られるんじゃないかと思うと、怖くて前に進めない。
「里ちゃん、なんで俺の事避けるの？」
下校時間に昇降口で待っていたらしい夏保に言われた。
鈍い人かと思ってたのに、しっかり気付いていたらしい。
夏保のまっすぐな視線に晒されると、喉の奥が詰まって言葉が出なくなる。
でも言わないと。
これを言えば、距離が出来る。
あたしは乾いた口を動かした。
「……あんまり夏保と仲良く出来ないんだ。あたし付き合ってる人いるから」
夏保の隣をすり抜けて、靴に履きかえる。
祝福するでも、かといって傷付いたようでもない。

ただ驚いたような表情を浮かべた夏保の顔が、まぶたの裏に焼き付いていた。

あたしって、嘘ばっかりついてる。

大事なお姉ちゃんや、大切な友達に嘘ばかり。

ああもう、全部嫌になる。

無邪気な天使

「どうした？　この頃高部君と一緒にいないじゃん」
机をつなげて一緒に昼食を食べていた忍が頬杖《ほおづえ》をつきながらあたしの顔を見つめてくる。
ちなみに夕子と美晴のコンビは、まったく進展を見せないあたしと夏保の関係に飽きて、今は別のクラスメイトの恋路にお節介を焼いている。
「うん……少し距離を置こうと思って」
「何かあったのか？　ひどい事されたとか？」
前の席に座り椅子ごと斜めにあたしの机に寄りかかってきた丈の言葉に、大きく首を振って答えた。
「そういうんじゃないよ。ただ、あんまりなれなれしい関係って好きじゃないし。それだけ」
何かがあった訳じゃない。
何かがありそうだから、先手を打ったんだ。
最近こんな事ばかりしている気がする。
悪いものや傷になりそうなもの、全部自分に届く前に切り捨てようと必死になって、それだけしか考えられなくて、情けないって思っててもどんどん臆病で卑怯《ひきょう》な生き方に偏ってく。
自分を守ってるだけの人間は、きっと幸せにはなれない。

「里ー、高部君が呼んでるよー」
突然クラスメイトに声をかけられて、教室の入り口に目をやれば、そこには笑顔で手を振る夏保が立っていた。
——なんで、また来たの。
いい加減、こんな奴見限ってよ。
どうしてそんな顔で笑ってんの。
重い足取りで夏保の前に立ったあたしはうつむいたままで。
「なんで」
ふて腐れたような声で、それだけ言うのが精一杯だった。
「だって友達だろ。恋人がいたら友達作っちゃいけないの？　なんか変だよな、それ」
夏保のキラキラした笑顔は、まぶしすぎて直視出来ない。
無邪気って、実は罪なんじゃないだろうか。
悪意のない笑顔って、時に人を追い詰める凶器になる。
夏保はそんな事、欠片も気付いてないんだろうけど。
「里ちゃんの彼氏ってこのクラスの人？　俺にも紹介してよ」
まさか夏保がこんな事言うなんて思っていなかったから、嘘の先をまったく考えていなかったあたしは言葉に詰まった。
その時トン、とあたしの背後から教室の入り口の縁に手をついた人がいて、見上げると丈だった。
「オレが里の彼氏っす。よろしく」
状況を理解した丈が話を合わせてくれたんだ。

「俺、高部夏保。里ちゃんとは友達です。よろしく」
マンガやドラマの見すぎだろうか。
一瞬二人が険悪な雰囲気になるのでは、と予想していたあたしは肩透かしを食らう。
にっこり笑って丈に手を差し出した夏保を、呆気《あっけ》に取られて見つめてしまった。
「里ちゃんの彼氏なら俺の友達なので」
「あ、ああ……オレの事は丈でいいよ」
気を張っていたのは丈も同じだったらしく、夏保の意外な反応に毒気を抜かれたみたいだった。
「里ちゃん、もしかして後ろめたいって思ってたの？　だから避けてた？」
気まずさに何も言えずにうつむいたあたしから視線を外して、夏保は言葉を続ける。
「そんなの気にする事じゃないじゃん。彼氏いたって友達は続けられるよ。ね、丈君」
「あ、うん」
夏保の放つ大らかオーラは周りのペースを崩す力がある。
いつもハキハキしてる丈には珍しく、さっきから歯切れの悪い言葉ばかりだ。
夏保ってやっぱり不思議な奴だ。
簡単に前向きな答えが出せてしまう夏保が、まぶしくてうらやましかった。
そして、綺麗な夏保の心の横で、自分の醜さが際立つみたいだった。
あたし、本格的に腐ってる。最悪だ。
あたしがいくら夏保から遠ざかろうとしても、夏保はすぐに追いかけてきて、遠すぎず近すぎない距離からあたしに接してくれようとする。
『女として好き？』
あの時の答え、あたし聞き間違えたんだろうか。
答えの意味を取り違えたのかもしれない。
『聞かないとわからない程度にしか気持ち伝わってなかったって事か』
あの時、夏保はそう言った。
あれって、聞きようによってはあたしの質問の答えになってないじゃない。
夏保はあたしの事が女として好きな訳ではなかったのかも。
だって、好きな人にふられたような形になって、しかも好きな人の恋人とあんな風になんのわだかまりもなく付き合えるものなのか。
あたしには理解出来ない。
夏保の考えはあたしにはわからないな。
あたしの乏しい心じゃ、夏保の大きな心は量れないんだ。
「あ、俺も一緒に昼飯いい？」
「お、おう」
次から次へとやってくる夏保の予測不能な言動に、丈もたじたじだ。

５組の教室へ入ってきた夏保は、席に着く間際、あたしにだけ聞こえる声で耳打ちしてきた。
「でも、さすがに弁当交換は丈君がヤキモチやくと思うからやめとこう」
あたしはそこまで思いやってもらって、気を遣ってもらうような人間じゃないのに。
無邪気な天使のような夏保の微笑みに、胸がちくりと痛んだ。

好きだった人

夏保は、どういうつもりなんだろうな。
そこまでしてあたしと友達続けて、何かいい事でもあるんだろうか。
家までの道を歩きながら、あたしは首を小さく横に振った。
いや、夏保はそんな損得で人と付き合うような人じゃないや。
いつでも自分の利害ばかり考えて行動してるあたしとは違うんだから。
家の玄関のドアを開けて、靴を脱ごうとしてあたしは動きを止める。
口の中が乾いて、心臓がどくどく鳴って、息が苦しくなる。
普段はあるはずのない二足の靴。
お姉ちゃんとあの人の靴だ。
今、家に来てるんだ。
絶対に顔を合わせたくない。
自分の部屋まで一気に駆け抜けるか、それとも二人が帰るまで外で時間を潰すか。
わずかな逡巡《しゅんじゅん》は、あたしにいい結果をもたらしてはくれなかった。
「あれ、里ちゃん」

柔らかい顔で笑いながらリビングから出てきたその人は、来ないでよというあたしの心の内なんかお構いなしに近付いてくる。
林竜二《はやしりゅうじ》。
お姉ちゃんの旦那さん。
――あたしの、好きだった人。
今はもう、義兄《にい》さんと呼ばなくちゃいけなくなったその人は、懐かしさを感じる優しげな眼差しで、残酷にあたしを見つめる。
「久しぶりだね」
「そう、ですね」
靴も脱がずに玄関に突っ立ったままで受け答える。
動けなかった。
体が強張《こわば》って、言う事を聞かなかった。
「あ、そういえばね。子供の名前決まったんだよ。涼子《りょうこ》に聞いた？」
涼子というのはあたしのお姉ちゃんの名前だ。
口が乾いてうまく喋《しゃべ》れなかったので、首を横に振ってそれに答えた。
「里の香りって書いて里香《りか》にしようって決めたんだよ。涼子と俺を結び付けてくれた里ちゃんにちなんで付けた名前」
苦しい。吐き気がする。
この人は、なんて無神経でひどい言葉を人に向けるのだろうか。
こうやって一生、あたしの傷を抉《えぐ》るつもりなんだろうか。
姪《めい》っ子《こ》の名前を聞くたびに痛みを感じなきゃいけないんだとしたら、すごく悲しい。
でもそんな事言えるはずもなくて。
「そうですか。いい、名前」
そう言って、顔を引きつらせるのが精一杯だった。
「よかった、気に入ってもらえて」
義兄さんが、どんな顔で言ったのかわからなかった。あたしは無意識のうちに背中を向けていたから。
「帰ってきたばかりなのに、どこかに行くの？」
「学校に忘れ物、してきちゃって」
陳腐な嘘をでっち上げて、あたしは入ったばかりの玄関を飛び出した。
堪《こら》え切れなくなった涙で滲《にじ》む視界を全速力で駆け抜ける。
まるで、そうすればあの人から少しでも距離が取れると思ってるみたいに、あたしは足を動かした。
全部。全部。何もかも。
もう忘れたいのに、舞台を降りたいのに、どうして逃げさせてくれないの。
どうして無理矢理舞台に引きずり上げようとするの？
じくじくと痛む胸の奥から、楽しかった過去の日々が蘇《よみがえ》る。
中３の春、学校の成績が芳しくなかったあたしに両親は家庭教師を付けた。

勝手に進められた話に最初は腹が立ったけど、やってきたあたしより５歳年上で、19歳の林竜二は人当たりがよくて優しくて、そして今まで自分の周りにいた男の子達とは全然違う、大人の魅力を持った素敵な人で、あたしは一目で恋に落ちた。

勉強するのが楽しみで、家庭教師の日が待ち遠しかった。

ある日、林竜二に答え合わせのノートを渡されて開いてみると、そこには。

＜誰にも内緒で付き合おうか＞

そう書かれていて。

信じられなくて、嬉しくて、ときめきで死ぬかと思ったくらいだ。

休みの日は家族に「友達と約束があるから」と嘘をついて、家から離れた場所でデートをした。

ずっと憧れてた初めてのキスを捧《ささ》げた時は、この先もずっと続いていくであろう自分の幸せを疑いもしなかったよ。

あたしの実力じゃ厳しいって言われてた、林竜二の母校でもある泉野高校への進学を決めたのは、一つの約束を交わしていたからだ。

『里ちゃんが受かったら、本格的に誰にも隠さずに恋人になろう』

その言葉を信じて。

その言葉だけを目標に。

あたしは必死に勉強を頑張った。

合格者の欄に自分の番号を見付けた時、どんなに嬉しかった事か。
これで堂々とあの人の横にいられる。
これで負い目もなく胸を張って隣を歩ける。
そう思った。
早く合格した事を伝えたくて。
でも直接伝えたかったから会えないかなってメールしたら、今折原家にいるから、と林竜二から返信が来た。
どうして家にいるんだろうと気になったけど、その時は深くは考えなかった。
『里ちゃん、大事な話があるの』
家に着いたらお姉ちゃんにそう言われて、連れていかれたリビングのテーブルには、林竜二を始め父さんと母さんの姿もあった。
席に着いて、隣同士で並んで座っている林竜二とお姉ちゃんを見た時。
お似合いの二人だなって、一瞬考えた。
その時初めて、嫌な予感がしたんだ。
『私達、結婚します』
何を言っているのかわからなかった。
頭が真っ白になって、夢でも見ているんじゃないかって気さえした。
二人はいわゆるデキ婚で、あたしが受験勉強を頑張っている最中には、もう関係を持っていたという事だ。

林竜二はただ、自分の家庭教師としての腕を誇示したくて、あたしの気持ちを利用して勉強を頑張らせたかっただけ。
今になって思う。
最初からあたしの事なんて目にも入っていなかったんだろう。
恋をしているつもりになっていたのはあたしだけだったんだ。
お姉ちゃんも義兄さんも幸せそうで、あたしだけが一人、何も知らなかった。
知らずに、その愛は自分だけに向けられているものだと勘違いしてた。
どれだけ好きだったと思う?
あなたはあたしが子供だから、遊びだったのかもしれないけど。
あたしは子供でも、本気だったんだ。
信じていた。
あなたの言葉を。自分の強い想《おも》いを。
だけどそのすべてが、消えてなくなってしまった。
終わるにしたって、あんな終わらせ方ってないよ……。
もう思い出したくもない、あんなみじめな気持ち。
なのに、胸の奥から次々に痛みが溢《あふ》れ出《だ》してきて、あたしは気持ちを振り切ろうと必死で足を前に動かした。
好きになるんじゃなかった。
恋がいいものだなんて誰が言ったんだろう。

あんな思いして、また新しい恋に目を向ける事なんて出来ないよ。怖い。
「里ちゃん？」
突然かけられた声。
優しくて、穏やかで、心が落ち着く声。
その声の主が誰だかわかって、あたしはより一層スピードを速くした。
こんな涙でぐちゃぐちゃの顔を見られる訳にはいかない。
「里ちゃんって！」
必死に呼び止める声を、あたしは聞こえないふりをして走り続けた。
「待って！　なんで泣いてんの!?」
後ろから声が追いかけてくる。
うぉ――――！　来るなぁ――――！
あたしの心の叫びも虚《むな》しく、公園に差しかかったところで夏保に追いつかれてしまった。
夏保は後ろからあたしの腕を掴むと、観念して大人しくなったあたしを「座ろう」とベンチの方へ先導した。

チャンス

「放し、てよ……」
しゃくり上げながら零したあたしの声に、夏保は真剣な顔をしたまま首を横に振った。
「放さないよ。だってまた逃げるだろう」
夏保はあたしをつなぎとめて何をしたいんだろう。
人の過去を根掘り葉掘り聞き出すつもりだろうか。
言いたくないよ、あんな情けない恋愛話。
誰にも言いたくない。
あんな道化話、知ってるのはあたしだけで充分だ。
この泣き顔を見られただけで、もうこれ以上恥ずかしい思いは勘弁してほしい。
いっそ変な顔って笑ってくれればあたしも怒るなり、つられて笑うなり出来るのに、夏保はただ黙ってあたしの隣に腰かけてるだけ。
どのくらいそうしていたのか。
すすり泣きもおさまり、頬もいつの間にか乾いていた。
その間ずっと、夏保はあたしの腕を掴んだままで。
視線は公園で砂遊びをしている子供達に向けられていた。
ぐずっと洟《はな》をすすって、夏保の横顔を見上げる。
「……理由、聞かないの」

「里ちゃんが言いたいなら聞く。そうじゃないなら一生言わなくていい」
夏保は優しい。
きっとあたしの失恋話を聞いても、夏保は笑ったりしないんだろう。
義兄さんの事をひどい奴だって、あたしと一緒に怒ってくれるに違いない。
一緒に傷を癒そうって、そう言ってくれる。
だから。
今自分の事を話すのって、その優しさに甘える事になるんじゃないの。
自分から遠ざけといて、都合のいい時だけ甘えるなんて虫がよすぎる。
「言いたく、ない」
「うん」
呟いたあたしの頭を夏保があやすようにぽんぽんと撫でる。
なんだか子ども扱いされているようで居心地が悪い。
でも決して悪い気分じゃなくて、夏保の手は人の心を癒す温度を持ってるんだなぁって思った。
「あのさ、里ちゃん」
腕はまだ掴まれたままだ。
もう逃げたりしないのに、まだ信用されてないらしい。
「何？」
「俺にチャンスくれない？」

どういう意味かと思っていると、まっすぐにあたしの目を見て夏保が言った。
「里ちゃんを笑顔にさせたい」
「……どういう事？」
「一日だけチャンスちょうだい。その一日で絶対に里ちゃんを笑わせてみせる」
あたしの事を気にかけて言ってくれたんだ。
その気持ちは有難いけど、夏保にそんな面倒な事してもらういわれはない。
そもそもあたしは夏保を厄介払いした人間なんだから、そこまでしてもらうのはあまりに申し訳なさすぎる。
「でも……」
「でも、じゃない。俺がやりたいからやるの」
いつもと違って強気だ。
普段は常に柔らかい雰囲気をまとっているのに、今日の夏保は強引で、なんというか……男らしい。
けれどあたしだってプライドというか、けじめというか、意地というものがある。
夏保の思いやりを、あたしなんかのために使ってほしくない。
言葉を濁しても納得してもらえそうになかったので、あたしは卑怯と思いつつも偽の関係を引っ張り出す事にした。
「他の男の子といると、丈が嫌な気分になるかも……」
「そっちはなんとかするから」

ここまで言われてしまうと、断る言葉も見つからない。
かくなる上は、話をそらすしかない。
あたしはチャンスをくれと言われた事には触れないで、別の話題を探した。
「ところで、なんで夏保がここにいるの？　家こっちの方角じゃないよね？」
「ああ。この近くにじいちゃん達の家があって、山に山菜採りに行ってきたから取りに来いって電話があってさ、俺が駆り出されたんだ。そしたら帰り道で里ちゃんの姿が見えて、声かけたら泣いてるし、逃げるし。焦ったよ。あ、そうだ。山菜少しいらない？　コゴミっていうんだけど天ぷらにするとうまいよ」
そう言って返事も聞かずに夏保はあたしの手に山菜の束を押し付けた。
「ありがとう……」
「どういたしまして。一人で家まで帰れる？」
「帰れるよ。もう平気」
ちょっとだけ嘘をついたあたしの顔を覗き込んで、夏保はニッと笑顔を見せた。
「絶対笑わせるから、安心していいよ」
うまく話をそらせたと思ったのに、夏保の中ではもうあたしの返事はどうでもよくてチャンスを得た事になってしまったらしい。
訂正する間もなく、夏保は「またね」と手を振って、行ってしまった。
公園にはコゴミなるものを手に、突っ立っているあたしが残された。
夏保ってこんなに強引な奴だったっけ……。
でも不思議だ。
夏保と話していたら、さっきまで世界の終わりのようだった気分が、少しだけ晴れた気がする。
本当に少しだけなんだけど、砂漠の中で一滴の水を与えられたみたいに、渇いていた心が元気を取り戻すのを感じた。

第4步

レンタル彼女

教室に入ってからずっと元気のないあたしを心配して、夕子を始め何人もの友達が寄ってきて励まそうとしてくれた。だけどどの励ましも「どうしたの？　話してみて？」に集約するため、あたしは「なんでもないよ」と返して友達の親切を角が立たないようにかわした。
「お前が元気ないとこっちまで調子狂うわ」
「本当にどうしちゃったのよ、里。あんた泣いたでしょ」
メイクでも隠せない腫れ上がったあたしのまぶたを見て、忍は神妙な面持ちになる。
「うん、まあ。生きてれば色々あるよね」
心配そうに顔を覗き込んでくる丈と忍に、自分でも覇気がないなと思える声で返して、あたしは机に突っ伏した。
きのうあの後、公園から家に帰ったあたしは、コゴミのお土産を母さんに渡した。
そしたら珍しいから涼子と竜二さんも食べていって、と母さんが言いだして、顔を合わせるのもつらいのに一緒に食卓を囲む事になったんだ。
あたしはいいからと断ったけど、「珍しいから食べときなさい！」と母さんが怒りだして無理矢理食卓に着かされた。
隣に座って仲睦《なかむつ》まじくコゴミの食べさせ合いっこをしてい

る姉夫婦を見ながらの食事は、まさに地獄以外の何物でもなく、せっかく夏保にもらったわずかな元気は、同じく夏保にもらったコゴミによって綺麗さっぱり奪われたという訳だ。
忍と丈はなんとかあたしを元気付けようと、ふざけたり励ましたりしてくれる。
でも。
二人には悪いけど、今は嘘でも笑える気分じゃない。
あたしの事、夏保は絶対に笑わせるって言ってたけど、どうするつもりなんだろうか。

冴《さ》えない気分のまま昼休みを迎えて、お弁当箱を机の上に置いた時、「丈君！」という元気な声が聞こえてきた。
声を辿《たど》って視線を教室の入り口に向けると、にこやかな顔の夏保が立っていた。
いつもはあたしを探しにやってくるのに、今日は丈に用事があるらしい。
丈にも思い当たる節がないらしく、首を傾げて夏保の傍まで歩いていった。
「なんか用？」
丈と夏保の会話に自然と聞き耳を立ててしまう。
「里ちゃん、きのう泣いてた。今日も元気ないでしょ」
「ああ……まあ」
「一つお願いがあるんだけど。里ちゃんを笑わせたいから、次の休日、一日だけ里ちゃんを俺に貸してほしい」
丈は戸惑ったようにあたしの顔を見返したけれど、まだ元気が出ないのを確認して夏保に頷いた。
「いいけど、その代わり一つ条件がある」
「なんでも言ってくれていいよ」
「もしその一日で里を笑わせられなかったら、今後里の周りをうろつかないって約束しろよ」
「わかった」
夏保は堂々と、少しの迷いも見せずに即座にその条件を呑《の》んだ。
悪いけど、あたしは笑えそうにない。
別に無理して断固として笑わないって決めてる訳じゃないけど、今は無理にでも笑えるような気分じゃないんだ。
それに夏保は本当にいい奴だ。
今時珍しいくらいまっすぐで、素直で純朴で穢《けが》れがなくて。
あたしの隣にいるには、白すぎるくらい綺麗。
そんな人は、もっと違う人の隣にいた方がいい。
だったら、次の休日できっぱり関係を終わらせた方がいいのかもしれない。
自分で決めて呑んだ条件なら、夏保だって納得がいくはずだ。

世界を救うか

今日は一日夏保に付き合う日だ。
いや、元の原因はあたしにあるのだから、正しくはあたしが付き合ってもらう日になるのだろうか。
ややこしいな。
白のミニフリル付きシャツの上にカーキ色のブラウスカーディガンを羽織り、下はウエストに付けられたリボンがアクセントのベージュのクロップドパンツをはいた。
まあ、ようするに一言で言うと“動きやすい格好”ってやつだ。
相手が友達の夏保だからとか、デートでもないしとか、そういう理由で選んだ訳じゃない。
もともとモロに女の子！って感じのファッションが苦手で、そういう服は前にお姉ちゃんが誕生日にプレゼントしてくれた一着しか持ってない。
それもたんすの肥やしになってる訳だけど。
だってあたしにはそんな服似合わないって自分でわかってるもん。
姿見の前で髪をサイドでちょこんと二つに結んで、軽くメイクをして少し早めに家を出た。
夏保の事だから、かなり前の時間に来て「全然待ってないよ！」とか笑顔で言いそう。
待ち合わせ場所の駅前に着くと、あたしの予想は外れ、夏保はまだ来ていなかった。
まあ、まだ約束した９時まで15分あるし、実は時間にめちゃくちゃ細かい奴なのかもしれない。
という、あたしの考えはすぐに覆される事になった。
約束の時間を30分も過ぎたのに、夏保が一向に現れないからだ。
携帯番号も交換してないから、連絡も取れないし。
何かあったのかな。
いや、でも、ただ単に寝過ごしただけかも？
夏保に限ってそれはないと思うけど、約束を忘れたとか。
急に外せない用事が出来たとかかな。
色んな考えが頭を巡り、それでももう少し待ってみよう、あと少しだけ待ってみよう、と時間を引き延ばし、気が付けば昼の11時。
すでに約束の時間を２時間も過ぎている。
さすがに帰ろうと思った。
このまま待っていても夏保は来そうにないし、もし本当に何かあったのなら、家にいた方が連絡を取りやすいだろう。
自然と漏れた溜息を残して、その場から離れようとした時。
目の前の通りから、フラフラと走ってくる人の姿が見えた。
目が悪いからこの距離じゃ顔までは判別出来ないけど、それでも目を引くほどその人の走り方は“限界ぎりぎり”といった様子だった。
ヘロヘロ状態って言うのかな。
気になって見ていたら、その人は段々とあたしの方へ近付いてきた。
「……って、夏保！」
ようやくそれが夏保である事に気が付いて、あたしは体を支えるために駆け寄った。
「ご、めん……っ、お、くれて……」
「無理に喋らなくていいから。ちょっと待ってて」
呼吸もままならないほど疲弊した夏保をとりあえず近くのベンチに座らせて、あたしは飲み物を買いに自販機へ走った。
飲み物を手に急いでベンチへ戻ると、力尽きた夏保はベンチの上に体を伸ばし、道行く人の視線を独り占め状態。
どうしてこんな風になってしまったんだろう。
理由を聞きたいけど、今はまだ喋らせるのはかわいそうだ。
呼吸はさっきよりも落ち着いたみたいだな。
それでもまだ苦しそうだけど。
「夏保、これ飲める？」
「あり、がと」
あたしがスポーツドリンクを渡すと、夏保は起き上がって500ミリリットルのドリンクを一気に半分以上飲んだ。
「落ち着いた？」
「もう平気。ありがとう」

汗も引き、笑える余裕も戻ったみたいだ。
「で、何があったの？」
「あー……うん」
本人からは言いたくなさそうな空気が漂ってきたけど、それじゃ２時間待ったあたしの気が済まない。
「うん、あのさ」
意味のない前置きをしてから、夏保はぽつりぽつりと小さな声で恥ずかしそうに話しだした。
「里ちゃんを待たせないようにって、早めに家を出たんだよ。んで、電車に乗ろうとしたら人身事故があったらしくて運行が止まっちゃって。それならバスで行こうと思ったんだけど、その時初めて家に財布を忘れてきたのに気づいて……。慌てて家まで戻ったらどこかに家の鍵落としちゃったみたいでさ、うち両親共働きで基本土日休みじゃないから家に入れなくて。遅れるよって連絡しようにも、俺、里ちゃんの番号知らないし、どうしようもないからここまで３駅分全力で走ってきた」
どんな理由かと思ったら、驚きすぎて言葉が出てこない。
「怒ってる、よな？　自分から誘っといて、本当にごめん」
しゅんとうな垂れる夏保に、あたしは「そうじゃなくて」と声をかけた。
「待ったのはいいよ。夏保が事故に遭ったとかじゃなくてよかったし。でも、なんでそこまでして来ようと思ったの？」

聞きたいのはそれだ。
そこまでマイナス要因が重なったら、あたしとの約束なんか諦めたって誰も責めたりしない。
無論あたし自身も。
「だって、せっかく里ちゃんにもらったチャンス、死んでも無駄に出来ないって」
逆にこっちが後ろめたくなるような、曇りのないまっすぐな眼差しを向けてくる。
夏保の純粋さは世界を救うかもしれない。
本気でそんなバカな事を思った。
「遅れちゃったけど、まだ俺に付き合ってくれる？」
「今日一日付き合うって約束したじゃん。一日終わるまで、まだ半日あるよ」
今にも尻尾《しっぽ》でも振りだしそうな大喜びの夏保と電車に乗って、あたし達は隣町の遊園地に向かった。
夏保を見てると思う。
ここまで物事に一直線で真摯《しんし》だったら、きっと世界も違って見えるんだろうなあって。
あたしの見ている薄曇りの空は、夏保の世界にはない色なのかもしれない。
勝手にそんな事を考えた。

超絶不幸男子

夏保は財布を持っていないので、当然、入園料はあたしの財布から出る。
夏保は申し訳なさそうに、今度学校で返すからと言ってくれたけど、あたしは気にしなくていいと答えた。
そもそも元気のないあたしのために時間を割いてくれてるのは夏保の方なんだから、そんなに気を遣われたら逆に申し訳なくなってくる。
「何に乗る？」
楽しそうな夏保には悪いけど、あたしはまだ笑えるような気分じゃなかった。
それにあたしが笑っちゃったら、夏保はあたしから離れるきっかけを失くしてしまう。
今日一日、あたしが笑わない方がお互いのためになるんだ。
「じゃあ、メリーゴーラウンド」
「よかった。ジェットコースターって言われなくて」
「夏保、ジェットコースター苦手なの？」
「あの腹がスーッてなる感じがどうにも受け付けない。でも里ちゃんが好きなら努力する」
「あたしもジェットコースターは好きじゃないんだ」
というか、高校生の男としてはメリーゴーラウンドの方が恥ずかしくて嫌なんじゃないのかな？
かぼちゃの馬車に乗りたい！という自分の欲望に負けて相手を思いやらないあたしもあたしだけど。
乗り場は空《す》いていて、現在稼働中のメリーゴーラウンドに乗っているのは小さい子ばかりだった。
ご両親らしき人達もさすがに一緒に乗るのは抵抗があるのか、子供が乗っているのを柵の外から笑って見ている姿がほとんどだ。
「里ちゃんは何に乗るの？」
「絶対にかぼちゃの馬車だよ、それ以外はあり得ない」
「じゃあ俺は白馬だな。王子様って柄でもないけど」
照れたように笑った夏保は、充分に王子様の条件を満たしていると思う。
優しいし、見た目清潔だし、散々走ってきて汗かいた割にはなんかいい匂いするし……ってあたしは変態か。
かぼちゃの馬車に乗り込んで、隣の白馬にまたがった夏保を見たら、様になりすぎてて違和感ゼロだった。
ここまでメリーゴーラウンドとの違和感がない男子高校生も珍しいと思う。
本当に現代に王子様とかいたら絶対こんな感じだよ。
「どうしたの、里ちゃん？　俺なんか変？」
自分の思考に没頭しすぎて夏保をガン見してた。
というか、変と言えば変です。
この年の男と女がメリーゴーラウンドじゃ、通りすがりの人に指を差されても仕方がないくらい変です。
でも乗りたかったんだからしょうがない。
夏保には悪いけど。
かわいらしい音楽と共に回転を始めた遊具に乗って、小さい頃に感じた懐かしい気持ちを思い出す。
あの頃は、いい意味で向こう見ずだったな。
先の事なんか考えないで、先回りの後悔なんかせずに、その時その時を一生懸命駆け抜けてた。
大きくなるにつれて、あれこれどうでもいい想像と予想で身動き取れなくなって、素直さっていうものをいつの間にか失くしてしまったように思う。
「里ちゃん」
名前を呼ばれて夏保に目をやると、あたしを通り越して夏保の視線はメリーゴーラウンドの外側に向けられていた。
「女の子が手ぇ振ってる」
そう言って夏保はにっこりと笑って大きく手を振った。
顔を反対側に向けて、柵の外から手を振る子供にあたしも振り返そうと思ったら。
「お姫様と王子様ー、こんにちは――！」
子供が死ぬほど恥ずかしいセリフを大声で口走った。
確かに夏保は王子様でもいいけど、かぼちゃにかぼちゃが乗ってるみたいなあたしを捕まえてお姫様とは……。
子供の声につられてこっちを見た道行く人達が、顔に苦笑いを浮かべて去っていくのを見て、居たたまれない気持ちになった。
無理矢理笑顔を作って手を振り返すと女の子は喜んでくれたけど、顔から火が出そうだった。
「こんにちは！」
あたしの背後から元気のいい声でそう言ったのは、無論、夏保だ。
どんな顔して言ってるんだと思い振り向くと、そこには一片の迷いも照れも戸惑いもない夏保の満面の笑みがあった。
そんな夏保の顔を見たら、恥ずかしいと思っていた気持ちが急にどこかへスッと消え去った。
人間って、夏保みたいでいいんだって思ったんだ。
夏保は子供だ。ガキとかそういう悪い意味じゃなくて、純粋で無邪気で無垢《むく》で素直で、そして正直。
大人になるにつれて、いつの間にか手放してしまうそういうものを、夏保は失くさずに持ってる。
飾らなくていいんだよな。
いい格好しようとしなくてもいい。自然でいいんだ。
吹っ切れたあたしは、女の子に向かって千切れんばかりに手を振った。
「楽しかったね」
「夏保、恥ずかしくなかった？」
気になっていた質問をしたあたしに、夏保は小さく首を傾げた。
「なんで、恥ずかしいの？」

うん、やっぱり夏保は子供だ。安心した。
「あ、見て。ソフトクリーム売ってるよ。食べない？」
「じゃあ里ちゃんそこに座ってて。俺買ってくるよ。バニラでいい？」
夏保にお金を渡して近くのベンチに腰かける。
ソフトクリームを両手に一つずつ持ってこっちに歩いてくる夏保を見て「あっ」と声を上げたけど遅かった。
夏保から見て右方向から歩いてきたカップルと派手にぶつかってしまったのだ。
慌てて夏保に駆け寄ると、二つのソフトクリームが夏保の服にべったりと付着していた。
「気を付けて歩けよ。汚れたらどうすんだよ」
カップルの男の方が夏保に睨みを利かせて、謝りもせずに女性と共に歩き去る。
あたしはその男の後ろ姿にべーっと思いきり舌を出した。
「よそ見してたのはそっちでしょうがクソ男。夏保、大丈夫？」
あたしはハンカチで夏保の服に付いたソフトクリームを拭き取った。
何も言わない夏保に目をやると、肩を落として見るからに落ち込んでいる。
「ごめん、せっかくのソフトクリームが」
「気にしないの。ソフトクリームなんか食べなくたって死にゃしないよ」

我ながら大味な慰め方である。
でも夏保には効果があったようで「うん」と頷いて顔を上げてくれた。
「喉渇いたね。なんか飲もうか」
丁度パラソルの設けられたカフェテラスがあったので、夏保と二人でそこへ入る事にした。
あたしはオレンジジュースを、夏保はグレープジュースをウェイトレスに注文して、来るまでの間、他愛《たわい》もない会話で暇を潰す。
「今日あっついねぇ」
「俺ソフトクリームかぶったから涼しいよ」
「夏保、いつからそんな気の利いたシャレが言えるようになったの？」
「今かな」
そんな感じで話をしていると、ウェイトレスが注文の品を持ってやってくるのがあたしの席から見えた。
しかし。
夏保の背中側から歩いてきたウェイトレスは、テーブルの側面に回る際に足をくじいてコケたのだ。
バランスを崩したウェイトレスが持っていたトレイは、狙ったかのような角度で見事に夏保に向けて投げ出され、二つのジュースは、まるでマンガの１シーンのように夏保の頭上に降り注いだ。
「………」

あまりの惨状に言葉を失い何も言えずにいると、夏保は「はは……っ」と声を漏らして苦笑いを浮かべた。
「やっぱり今日、涼しいよな」
「……いやぁー!?　すみませぇえええんッ!!」
取り乱して泣きだすウェイトレス。
なんであんたが泣く！　泣きたいのは夏保だよ！
元は白かったのに、今ではカラフルな色合いになってしまった夏保のTシャツ。
あたしはバッグから取り出したハンカチでまず夏保の顔を拭き、絞りながらTシャツのジュースも拭き取った。
これシミになっちゃうよなぁ……。
というか本日あたしのハンカチ大活躍である。
こんな事なら吸水性の高いタオル地のハンカチにすればよかったわ！
奥の方から責任者らしき男の人が謝りに出てきて、お詫《わ》びにジュースとデザートをタダでご馳走してくれた。
デザートはおいしかったけど、ジュースをかぶってしまった夏保は、こんなサービスされても内心面白くないだろう。
店を出た後も浮かない顔であたしの隣を歩いている。
「夏保、災難だったけどさ、デザートおいしかったね？」
夏保の横顔を覗き込んで問いかけると、夏保は申し訳なさそうにあたしに頭を下げてきた。
「ごめんな。俺本当についてなくて。里ちゃんに迷惑かけてばっかりだ」

なんだ、そっちを気にして元気がなかったのか。
あたしは迷惑かけられたなんて少しも思ってないのに。
「迷惑とか思ってないから。夏保には悪いけど滅多《めった》に作れない思い出になったと思うし。それにさ、ジュースとデザートタダだったよ、超ついてるよ！」
立場が逆になってる気がしなくもないけど、今日の夏保を見ていたら誰でも慰めたくなると思う。
それくらい、面白いくらい災難が寄ってくる。
狙ってもここまでは呼び込めないだろう。
「よし、観覧車に乗ろう。高いところに上って自分達の悩みのちっぽけさを思い知ろう」
あたしの提案に夏保は笑って頷いてくれた。
順番待ちをして観覧車に乗り込み、ゆっくりと高くなっていく視界を二人で楽しんだ。
「知り合いの家見えないかなー」
「里ちゃん、目ぇ悪いだろ」
「眼鏡かければ見えますよーだ」
「そういえば、なんで里ちゃん授業中しか眼鏡かけないの？」
「だってダサいんだもん」
「んー、たとえモグラみたいでも里ちゃんは里ちゃんだと思うんだけどな」
誰がモグラだ、コラ。
そんな失礼な事言われたの、初めてだわ。

「ケンカ売ってんの？　ん？」
「お、俺、褒めたつもりなんだけど」
夏保は女の子の扱いに慣れてないらしい。
今までのときめきポイントは故意じゃなくて無意識にやっていたに違いない。
「わぁ、遠くまで見えるねー」
もうじき観覧車が頂点に差しかかるという時。
いきなりガタンと、観覧車の動きが止まった。
「……え、何？」
「止まったね」
しばらく待ってもまったく動く気配を見せないので、さすがに不安になってきた。
しーんと静まり返った観覧車内に園内放送が聞こえてきて、耳を澄ましてみると、観覧車が故障のため原因解明までしばらく停止するといった内容だった。
「滅多にないよね、こんな事」
「本っ当にごめん。絶対俺のせいだ」
「そんな夏保とは関係ないよ。ついてないって言っても、ここまで狙ったように災難が起こる訳ないじゃん。それにさ面白いよ、普通じゃない方がさ」
「里ちゃん、ありがとう」
やっぱり今日はあたしが励ます役割らしい。
普通、天辺《てっぺん》付近で観覧車が止まったら怖いと思うんだろうけど、夏保が一緒にいる観覧車内は不思議と恐怖とは無縁だった。
夏保のほわほわした笑顔を見ていると自然と心が落ち着く。
夏保の落ち着いた声のトーンも心を静める力があった。

結局観覧車が動きだしたのは、閉じ込められてから１時間も後の事だった。
「暗くなってきちゃったね」
「里ちゃん、まだ時間大丈夫？」
「別に急いで帰る用事もないけど。うち門限もないし」
「今日これを里ちゃんに一番見せたかったんだ。パレード」
「そういえばここのパレードって有名だよね。見た事ないんだ、あたし」
「あれを見たら絶対笑ってくれると思うんだよな。暗くなるまで、もう少し遊んでよう」
あたし達は土産物屋を冷やかしたり、カフェで時間を潰したりしながらパレードの開始時刻を待った。
けれど。
パレードまであと30分という時に、雨が降ってきたのだ。
最初は小降りだったけれど、しだいに大降りになってきて、夏保の顔が不安に彩られる。
嫌な予感は当たるもので、園内放送で本日のパレードは雨天中止というアナウンスが流れた。
これ、普通のデートだったら最悪って事になるんだろうか。
あたしは、正直言うと思っていたよりもずっと楽しかった。

隣を歩く夏保の顔は、本日一番の落ち込み顔だった。
考えてみると今日一日、夏保ってあたしに謝ってばかりだったような気がする。
そんなに気にしなくてもいいのにな。
あたしは楽しかったんだから。
笑ってほしいって。
夏保もあたしを見てこんな風に思ったんだろうか。
今ならその気持ちがよくわかる。

君を見てたら

幸いバッグの中に折り畳み傘を常備していたから、夏保と二人で駅まで濡れずに帰る事が出来た。
相合傘って、誰かに見られたら勘違いされそうだけど。
遊園地を出てから何も言わない夏保の横顔を、笑わないかなあ、と思いながらちらちらと窺うあたし。
って、なんの理由もなしに急に笑いだしたら怖いか……。
ここはやっぱりあたしが笑わすしかないな。
友達にも受けがよかった“階段から滑り落ち蒙古斑《もうこはん》再来”という過去の自分の失敗談を口にしようとした時、夏保が小さく声を発した。
「ほんと、ごめんな。俺昔からついてなくて、一緒にいたら里ちゃんまでつまんない事になっちゃうよな……あ、でも俺全然ついてなくないや。だって里ちゃんと一日過ごせたし超楽しかった、って……、俺だけ楽しんでどうすんだよ。結局、里ちゃん笑わせられなかったし」
一人でしゅんとなったり笑顔になったりしながら、まくし立ててまた落ち込む夏保。
そんな夏保を見ていたら、たまらなくおかしくなってしまって。
笑わないでおこうと思ってたのに。

もう駄目だ。負けた。
あたしは堪え切れずに、ぷっと噴き出した。
「え、里ちゃん？」
「なんか、夏保見てたら元気出てきた」
「へ？」
いつの間にか雨は小降りになっていて、すっきりと晴れるにはまだ一歩足りなかったけれど、それはまるであたしの心そのものだった。
「ついてなくてさ、嫌な事とかいっぱいあったはずなのに、腐らずに前向きに、日々の中で少しでも幸せを探す方に目を向けてて。そういうのいいよ。夏保はすごい」
「う、うん？」
あたしの言ってる事がよくわからないといった顔の夏保。
うん、わからなくていいんだ。
正直な言葉ってちょっと照れくさいから、もう少しわからないままでいてほしい。
あたし、自分の事かわいそうだと思ってた。
なんて不幸な子なんだろうって。
悲劇のヒロインぶってたんだ。
楽しい事や幸せな事、つらかった事と同じくらいいっぱいあったはずなのに、つまらない事の方にばっかり顔向けて、自分から不幸になってた。
まだ完全に過去を吹っ切れた訳じゃないけど、夏保を見てたら後ろばっかり向いてるのバカらしくなってきた。

「やった。やっと里ちゃん笑ってくれた」
本当に嬉しそうに夏保はガッツポーズを取りながら満面の笑みを浮かべた。
今日一日、夏保はずっと一生懸命だった。
その気持ちには全然裏がなかった。
あたしが笑わなければ、友達をやめなくちゃいけないのに、自分の立場なんて微塵《みじん》も考えてる様子がなくて、ただあたしを楽しませようと、それだけに心を砕いてくれてた。
「夏保、ありがとうね」
あたしが頭を下げると、夏保も同じように頭を下げてきた。
「こちらこそ。笑ってくれてありがとう」
やっぱり変わってる、夏保って。
だけど、最初から今まで全然何も変わらない。
変わらないままで色んな笑顔を教えてくれた。
夏保はずっと夏保のままで、距離も態度もずっと同じで、この人は本当に純粋な人なんだなって思わせる。
「じゃあ、これからも友達って事でよろしく」
差し出された夏保の手を握り返す。
大きくて温かい手だった。
「うん。……あ。雨やんだね」
呟いて見上げた空には、雲間からちらほらと星が覗いていた。

第5步

それぞれの恋愛法

「これから忍と丈と一緒に図書館へ勉強しに行くんだけど、夏保も行く？」
放課後にあたしの教室へ顔を出した夏保に声をかけると、目をキラキラさせて大きく頷く。
「絶対行く」
目的は勉強なのに、何がそんなに嬉しいんだろう。
というくらい夏保の全身からは喜びのオーラが溢れ出している。
四人で学校を出て、だべりながら泉野高校から少し離れたところにある市営図書館へ向かう。
あの遊園地での一件以来、あたし達は四人で過ごす事が多くなっていた。
忍と丈も夏保の人柄に好感を持っているようで、夏保が仲間の輪に加わる事に文句を言う人はいない。
実際夏保がいると、それだけで場の空気が和むというか落ち着くんだ。
本当に夏保って不思議だ。
話してるだけで、心が解きほぐされていくような感じがする。
15分ほどで図書館に着き、四人で奥まったところの窓際の席に腰かけた。
「さて……ノート開いただけでやる気がなくなってきた」
「里、あんたいきなり士気をそぐような事言うんじゃないわよ」
忍も丈もあたしよりは出来るけど、勉強はそんなに好きな方ではない、と前に本人達が言っていた。
あたし達三人、泉野高校のレベルでいうと常に中間くらいの順位をウロウロしているような、そんなレベルなんだ。
「わからないところとかあったら教えられると思う」
あたしの隣に腰かけた夏保のノートは、パッと見でもよく情報が整理されていて見やすいなと思った。
ちなみにこの席順は「お前が一番頭悪いから高部の隣を譲ってやる」と言う丈によって決められたものだ。
「ものすごいお世話になると思うけど、よろしくね」
あたしの言葉に夏保はおかしそうに笑って「任せて」と言った。

「夏保、これの解き方がよくわからないんだけど」
「ああ、それは……」
椅子を近付けて夏保の手元を覗き込む。
でもすぐに夏保の手が止まってしまった。
どうしたのかなと思って顔を覗き込むと、口を引き結んで真っ赤になっていた。
「ごめん里ちゃん。もう少し離れてくれる」

言われて初めて夏保と肩がぶつかるくらい近付いていた事に気付く。
勉強に集中しすぎて、そこまで気が回らなかった。
でも、そんな風に意識されるとこっちまで恥ずかしくなってくるじゃないの。
あたしだって、そんなに男の人に免疫がある訳じゃないんだ。義兄さんと付き合ってた時だって一度しかキスした事ないし。
適度な距離を取って、あたしも少しだけ熱くなった頬を冷ました。

先生役の夏保を三人で質問攻めにしながら、あたし達は夕方まで勉強に励んだ。
夏保の教え方は、簡潔で要点をついていてとてもわかりやすくて、なんだか図書館に来る前よりも、かなり頭がよくなったような気がする。
それを口にしたら「バカのままじゃん」と忍達に笑われた。
勉強がひと段落つくと、机の上の参考書やらを片付けないまま、四人で他愛もない話に花を咲かせる。
どこそこのカレーライスが安くておいしいから今度みんなで食べに行こうとか、次のテストで最下位の奴がカレーをおごるんだぞ、とか、そんな話だ。
っていうか絶対あたしが不利じゃん！
「そういえばさ」

話題が尽きて途切れた会話の合間を、窓の外に視線を向けた忍の言葉がつなぐ。
窓から見える図書館の駐輪場では、高校生らしき男女が手をつないで楽しそうに話をしていた。
「高部君って、好きな子とか出来たら即告白するタイプ？」
夏保は忍の突然の切り込みに多少たじろいだけど、すぐに真剣な顔で考え込む素振りを見せた。
「俺は、すぐには告白しない……というより出来ないかな。その人にも事情があるかもしれないし、告白されて困ったりする状況とかもあるかもしれないし。様子を見て、気持ちを貫いてもその人の迷惑にならないんだってわかったら、初めて想いを伝えるよ」
夏保らしい答えだと思った。何に対しても真剣でまっすぐな。
「里はどう？」
急に話を振られて「ふぇ？」と間抜けな声を返してしまう。あたしはまだあやふやで取り留めのない自分の中の答えを必死に探してみる。
「あたしは、受け身かも。それなりのアピールはすると思うけど、最後は相手の出方を見ちゃうタイプかな。そういう忍はどうなの？」
「あたしは好きになったら速攻告るタイプ。だってグズグズして他の子に取られたら後悔してもしきれないし」
「丈は？」

「オレは、脈がなさそうだったら告らねえな。時機を見る」
みんなそれぞれ答えが違って面白い。
丈とか結構ガンガン攻めるタイプだと思ってたのに、意外と奥手なんだな。
忍はきっぱりとした答えの割には、今まで彼氏がいた事はないと前に言っていた。
相手の条件が高いのかもしれない。
それにしても忍の口から恋愛関係の話題が飛び出すなんて珍しい。
忍はそういう話には興味がないんだと思ってた。

アンジー

「さて、そろそろ帰ろうか」
真っ先に席を立った忍にならって、あたし達も腰を上げた。
忍達と図書館の入り口で別れて、自分の家の方へ向かおうとしていたあたしに夏保が声をかけてきた。
「どうしたの、夏保。夏保の家、逆の方向でしょ？」
「里ちゃん、まだ時間ある？」
「後は家に帰るだけだし暇だけど」
「連れていきたい場所があるんだけど、少し付き合ってくんないかな」
「いいけど、どこへ？」
「着いてからのお楽しみ。来て」
先を歩きだした夏保の後に首を傾げながら続く。
少し高台の住宅街を抜け、図書館から10分ほど歩いたところで、細い路地の奥まったところにある“アンジー”という木製の看板の下げられた喫茶店に辿り着いた。
こげ茶の木で出来た小さめのかわいいドアを開けて、二人で中に入る。
店内はアンティークを主としたインテリアでまとめられていて、まるで外国のお店みたいだった。
あたし達以外にお客さんの姿はなくて、暇そうにカウンターに寄りかかって新聞を見ていた若い店主らしき人が、ドアベルの音でこちらに目だけを向けた。
「また、お前かよ」
粗野な口ぶりだったけど、店主の口から溜息混じりに吐き出された声には、どこか親しみが込められているように感じた。
店主のお兄さんは、夏保の後ろに立っていたあたしを視界にとらえると、バッと顔を上げる。
「お、なつぽん、彼女か？」
「アンちゃん、違うって」
どうやらこの二人は知り合いらしい。
少し置いてけぼりを食らっていたあたしに気付き、夏保が紹介してくれた。
「この人、従兄《いとこ》の安次郎《あんじろう》兄ちゃん」
「どうもぉ、なつぽんのよき理解者です。24歳、恋人募集中」
ちょっとふざけた感じの人だけど、悪い人ではなさそうだ。
それにしても“なつぽん”って、高校生の男の子のあだ名じゃないだろう。
きっと小さい頃からそうやって呼んでたんだろうな。
「いいお店だね」
窓際の二人がけの席に腰かけて、店内をぐるりと見回す。
言っちゃ悪いけど、粗暴なイメージのある安次郎さんが店主とは思えないおしゃれなお店だ。

「だろ？　落ち着いて何かを考えたい時とか、よくここに来んの。俺の秘密の場所」
夏保はとても嬉しそうに笑いかけてくる。
「勝手に秘密の場所にしてんじゃねえよ。こっちは客が来なくてヒーヒー言ってるってのに」
飲み物を持ってきた安次郎さんは、夏保に向けて悪態をつく。
安次郎さんはテーブルの端にしゃがみ込んで、端っこに両腕と顔を乗せたまま、じーっとあたしの顔を見つめてきた。
「あ、あの、なんですか？」
「いやあ、君がなつぽんが変わるきっかけになった子なのかなあと思って」
「アンちゃん、余計な事言うなよ！」
慌てて夏保が口封じをしようとするけど、安次郎さんは気にした様子もなくあたしに質問を投げかけてくる。
「名前なんていうの？」
「折原里っていいます」
「二人ってどんな関係？」
「友達ですけど」
「まだ携帯番号とか交換してないでしょ？」
「はい」
「やっぱりなぁ、なつぽん奥手だからさ。自分からじゃ絶対言えないだろ」
そう言って笑う安次郎さんの言葉に、夏保は耳まで赤くして恨めしそうに睨んでいた。
「まあ、うちの従弟《いとこ》とこれからもよろしくしてやってくれ」
そこまで言って安次郎さんは、ようやくカウンターの奥に引っ込んでいった。
夏保は少しむっつりした顔でアイスコーヒーを飲んでいる。
夏保が変わるきっかけって、なんの事だろう？
でも夏保は知られたくないみたいだったし、聞くのはやめよう。
よく冷えたアイスティーはとってもおいしかった。
「なんか、このお店すごく落ち着く」
「うん、里ちゃんも何か考えたい事とかあったら、ここに来るといいよ。アンちゃんでも、相談相手ぐらいにはなると思うし」
「ぜひ、そうさせてもらうね」
また来たいって思えるお店だ。
すごく気に入った。

お勘定を払う時、夏保はレジに立つ安次郎さんに両手を合わせて頭を下げた。
「負けて？」
「うちを潰す気かよ！」
安次郎さんの声には危機を感じさせるものがあった。
夏保って、もしかしたらここに来るたびに同じようなお願いをしているのかもしれない。

夏保のお願いに首を振っていた安次郎さんだけど、途端に何か面白い事を思い付いたように口角を上げてにやりとした。
「んじゃあさ、なつぽんが里ちゃんから携帯番号聞き出せたらタダにしてやるよ」
その場に固まる夏保を見て、安次郎さんは声を上げてうひゃひゃと笑った。
安次郎さん、夏保をからかって遊んでるな。
なんかいいように踊らされて、面白いけどかわいそうに見えてくる。
顔を赤くして、何かを我慢するみたいに口を引き結んで、大人しく財布を開こうとした夏保を見て、あたしは夏保に耳打ちした。
「ねえ夏保、安次郎さんにやり返そうよ。あたしに携帯番号聞いて」
夏保は驚いた顔をしたけれど、しどろもどろになりながらもまっすぐにあたしの目を見て口を開く。
「あ、あの、携帯番号よかったら交換、し、し、しない？」
「そんなに緊張しなくてもいいのに」
あたしは笑いながら夏保と番号を交換した。
「あーあ、そうやって二人で共謀して俺をいじめるんだな」
安次郎さんはエプロンのポケットから一本のストローを取り出して夏保の前に差し出す。
「なつぽん、里ちゃんが使ったストロー千円で売ってやろうか？」
変態発言をかました安次郎さんに、今まで大人しくやられっぱなしだった夏保はついに切れた。
「いい加減にしろ、バカ安次郎！」
「お〜怖《こわ》。店の存続をかけた新たな商売を思い付いただけなのに」
身震いのマネをする安次郎さんはニヤニヤ顔であたし達に手を振った。
「また来てね。今度はもっと友達連れてきてくれていいから」
あたしは笑って手を振り返した。
「ごめん、里ちゃん。嫌な思いしなかった？」
気遣ってくる夏保だけど、あたしは嫌な思いどころか楽しかったので無用の心配だ。
「全然。安次郎さんって楽しい人だね」
あたしの何気ない言葉に夏保は一瞬動きを止めて、急にギクシャクした歩き方になりながら視線を前に向けた。
「あ、ああいう人が好きなの？」
さりげなく聞きたかったんだろうけど、全然さりげなくない。
友達に対してどういう人が好きかなんて、もっと堂々と聞けばいいのにな。
夏保はどうしてこんなに緊張してるんだろうか。
あたしは噴き出しそうになりながら首を横に振った。

「そうじゃないよ。一緒の場にいると楽しい空気になるねって、それだけ」
ほっと息を吐いた夏保の横顔を見上げて、あたしはさっきの事を思い出した。
ストローを売ろうとした安次郎さんに対して夏保が見せた初めての顔。
「あたし夏保が怒ったところ初めて見た。夏保ってなんか怒るイメージなかったから意外だったよ。ああいう風に怒るんだね、夏保って」
夏保はバツの悪そうな顔で頭の後ろをかいた。
「俺、あんまり感情を表に出すの得意じゃないから。昔の我慢ばっかりしてた頃のくせが抜けきってないのかな」
夏保の昔とか今抱えてるものとか何もかも、あたしには全然わからない。
だけど、聞けない。聞きたくない。
だって夏保は、あたしの事を何も聞かないでいてくれる。
踏み込まないでいてくれる。
あたしだけが、ずかずかと夏保の中を踏み荒らしたり出来ないもの。

二人の家の分岐路に立って、あたしは夏保に手を振った。
「じゃあ、またね」
「うん、また！」
夏保はにっこり笑って嬉しそうに手を振ってくれた。

先に歩きだしたあたしだけど、ふと後ろを振り向くとまだ夏保が手を振っていて。
子供みたいだなあと思いながらも、無視するのも悪い気がして、もう一回手を振ってお別れをした。
感情を出すのが下手でも苦手でも、人に笑顔を伝えられる夏保はすごいと思う。
夏保といると、いつの間にか自分までつられて笑ってるんだ。
いつでも一生懸命な夏保を見てると、こっちまで励まされる。
傍にいるだけで、人を前向きに出来る夏保は本当にすごい。
前のあたしだったら、確実にとっくの昔に惚れてたと思う。
多分、初めて遊びに行った時点で、夏保の必死さに落ちてたんじゃないだろうか。
だけどあたしの恋愛感情は、傷を負った時に胸の奥へ閉じ込めて何重にも鍵をかけてしまったから、今はもうその鍵の開け方もわからなくなってしまった。
我慢や無理ってしすぎると、たがを外す方法を、タイミングを忘れちゃうんだよ。
最初にわかってたら、あたしは自分の心に鍵をかけたりしなかったのかな。
考えても仕方のない事をうだうだと考えながら、あたしは家に帰った。

ほのぼのメール

雑誌を読んでいたら着信音が鳴り、あたしはベッドの上に放り出したままの携帯に手を伸ばした。
「夏保、どうしたの？」
電話の向こうで照れ笑いする声が聞こえた。
『用はないんだけど、里ちゃんの声が聞きたくなっただけ』
さっき別れたばっかりなのに。
これじゃまるで夏保って……寂しがり屋の彼女みたいだ。
あたしは断じて男役はやらないけれど。
『あ。後でメール送ってみる』
「う、うん？」
唐突な話題転換に思わず変な返事をしてしまう。
『じゃあ、また』
携帯を切って、夏保って天然な上に不思議ちゃんなのかな？と思いながら再び雑誌に意識を向ける。
途中まで読んでいた雑誌を一冊読み終わり、他のに手を伸ばそうとした時、また携帯の着信音が鳴った。
今度はメールだ。
差出人は夏保で。
【夏保です。ちゃんと届いた？】
それだけ。

あたしは【届いたよ。心配しなくても大丈夫】と送り返した。
夏保の事だからすぐに返信してくるだろうと思って構えてたんだけど、しばらく待っても一向に携帯が鳴らないので、届くかどうかを確認したかっただけなのかなと思い、あたしはまた雑誌をめくり始めた。
そして忘れた頃に鳴る携帯。
なんなんだ、この間は一体。
夏保からのメールを開くと。
【里ちゃん、今日はありがとう。楽しかった。メールの返信遅くてごめん。俺、実は携帯ってあんまり使い慣れてなくて。速く打てるように練習するから、だから俺の練習相手になってください。……駄目かな？】
なんてかわいいメールだろう！
思わずきゅんとしちゃったじゃないか！
女としてかわいさで負けてるよね、あたし。
夏保の場合、携帯に慣れてないとか、そういうじれったいところも全部長所になっちゃうからうらやましい。
夏保のメールは絵文字も顔文字もないしシンプルなんだけど、その代わり心がこもってていいなって思った。
【あたしでよければ】って打って送信ボタンを押す。
そして15分ほどの間を置いて夏保から【やった。俺、今すごい嬉しい】という返事が返ってきた。
夏保のかわいさを少し分けてほしいな、と切実に思った。

それから日に何度も夏保からメールが来るようになった。
【写メの練習です】と塀の上で日向《ひなた》ぼっこ中の猫の写メを送ってきたり、【かわいかったから撮りました】と道端に咲く小さな黄色い花の写メを送ってきたり。
【今何してますか？　俺はこれから母さんの肩を揉《も》むところです】とか、いちいち行動を報告してきたりして。
寝る前と朝起きた時には必ず【おやすみ、ゆっくり休んでください】と【おはよう。今日もいい事あるといいですね】ってメールが来るし、本来ならうざったいと思うところなんだろうけど、送っているのがあの悪意も裏表も打算も何もない夏保だと思うと、もうかわいいのなんのって。
ところでなんでメールの時だけ敬語なんだという点については、初めて携帯を使い始めた頃自分もそうだったのでつっこまない事にする。
きっとまだ使い慣れてなくて緊張してるんだろう。
そんなところまでたまらなくかわいい。
男にしとくのがもったいないほどだ。
メールのやり取りをして数日が経《た》つと、段々と夏保からの返信スピードが速くなってきた。
『今まで必要以上にメールしちゃってごめん。慣れてきたし、これからは少し控えるから』
気を遣ってくれているのか、夏保は電話であたしにそう言った。
夏保からのほのぼのメール、地味に楽しみにしてたんだけどなぁ。
そんな事を言うと、余計な期待を持たせちゃいそうだから言えないけど。

「里ちゃん、丈君達も誘って一緒にメシ食おうよ」
昼休みに夏保が教室までやってくるのはもう恒例となっていた。
四人で連れ立って中庭へ行き、だべりながらご飯を食べる時間はとても楽しい。
何かと夏保は「里ちゃん、里ちゃん」と言ってなついてきて、その一言一言や行動の一挙一動に真心を感じる。
それは決して友達として向けられている好意だけではない事が最近はっきりとわかってきた。
夏保はいい奴だけど、一緒にいると安心感と同時に焦りが生まれてしまうんだ。
友達ならいいんだ、友達なら。
でもそれ以上は駄目。
踏み込まないでと思ってしまう。
毎日を過ごす中で、あたしは夏保に踏み込まれそうになると牽制《けんせい》した。
だけど夏保はまっすぐすぎて、いくらあたしが壁を高く積み上げる努力をしても、何も変わらない。
丈を恋人役にしてまで避けようとしたのに、夏保との距離は少しも変わった気がしなくて、むしろ近くなった気さえする。
壁作りに没頭していたけれど、最初から夏保はそんな壁をいくら積み上げたって関係のない、ずっとずっと高い場所から手を差し伸べてくれていたんじゃないだろうか。
それがわかった時、自分のしている事がひどく幼稚で無意味な事に思えた。
だけど。油断すると夏保に明け渡しそうになる心を寸前で堪える。
夏保との触れ合いを避ける理由が近頃、恋が怖いとか、傷がうずくとか、そういう理由とは形が変わってきた気がする。
そう、これは。
“自分は絶対に夏保に釣り合わない”という激しい劣等感だ。
夏保の穢れのない笑顔を見ていると、その隣で笑っている自分の薄っぺらな笑顔が恥ずかしく思えてくる。
駄目なんだ。こんな腐ったつまらない女、夏保は見ていちゃいけない。
夏保みたいないい人にはもっと、対等に付き合える素敵な女の人が絶対いるはずだ。

たった一人だけ

「折原さんって、高部君と付き合ってるの？」
廊下を歩いていたら、いきなり見知らぬ女子に話しかけられた。
「ただの友達だけど」
「そうなんだ、よかったぁ」
女子は安心したように顔をほころばせて、手に持っていた一通の封筒をあたしに手渡してきた。
「これ、高部君に渡してもらえないかな。自分で渡す勇気がなくて」
女子はあたしの返事も聞かずに走り去ってしまった。
近頃こんな事を頼まれてばかりな気がする。
多い時には日に何度も、だ。
顔も名前も知らない女子から夏保との関係を聞かれたり言《こと》伝《づて》を頼まれたり、ラブレターやプレゼントを代わりに渡してほしいと頼まれる。
夏保といる率があたしの次に多い女子——忍に同じ事を頼んだ子もいたらしいけど、それは忍がばっさり断ったらしい。
忍はそういうの大嫌いだからな。
そんなに好きなら自分で言え、言えないならその程度の気持ちって事だ、っていうのが忍の持論だ。
かっこいいけど恋する臆病な乙女にはきつい言い草だろう。
んで、忍に切られた女子が全部あたしに回ってくるという図式。
あたしは手の中にあるそれぞれの想いが込められた手紙を、いつも少しだけ複雑な気持ちで夏保に届けた。
「夏保、これ」
このやり取りにももう慣れっこの夏保は黙ってそれを受け取る。
あたしから他の子の手紙やプレゼントを渡された夏保は、いつでも複雑な表情をした。
悲しそうな、少し怒っているような、観念したような、色んな感情が入り混じったようなそんな顔。
夏保はきっとあたしの事を少なからず好きでいてくれているんだろう。
その気持ちは日々の夏保とのやり取りで、友達に鈍いと言われるあたしでもわかる。
その上で、あたしは他の子の気持ちを夏保に届ける役割を演じてる。
夏保の想いを知っていてこんな事をするあたしはひどいと自分でも思う。
だけど、そんなひどい事をする女だからこそ、夏保に選んでほしくないんだ。
もっと別の、心から素直に笑える人と、幸せになってほしい。
このラブレターの書き手の中に、夏保の運命の相手がいるとも限らないじゃない。
少なくとも、あたしのような小さい人間は、夏保の大きさと見合わないんだ。
夏保なら、傷を癒してくれる力を持ってるんじゃないかって、一緒にいてみて思った。
だけどなんでもかんでも夏保に面倒事を押し付けたくないし、頼りたくない。
もう充分に助けてもらい励ましてもらった。
これ以上は重荷になりたくなかった。
それに、夏保はまっすぐすぎて、その視線は少し窮屈に思えた。
夏保の綺麗な目で見つめられると、どこにも逃げ場がないような気がして、怖い。
自分も知らない、醜い自分を暴かれそうで怖いんだ。

「夏保、急いでどこに行くの？」
廊下ですれ違った夏保に挨拶がてら声をかけた。
いつもなら笑顔で一言二言何かを返してくれる夏保だけど。
「あ、里ちゃん。ごめん、ちょっと用事があって、後でね」
言葉の最後は走りだした夏保の肩越しに紡がれた。
この頃、昼休みも放課後も、夏保はいつも忙しそうにしている。

ここ１週間ほどは、いつもの四人組の中で夏保だけが欠けている事も多くなったし。
理由を聞いても『ちょっと用事が』って、それしか言わない。
この変化は思い返してみると、あたしが夏保にラブレターを渡すようになってからのような気がする。
……夏保もあたしと距離を置こうとしてるのかも。
自分で望んだくせにちょっと寂しいなんて、なんて勝手な人間なんだろうか、あたしって。
でも、これでいいんだ。
この方が、夏保のためにはいい。
今日は忍も丈も用事があるみたいで、あたしは放課後を一人で過ごす事になった。
一人の放課後って久しぶりだ。
いつも夏保が居座ってた隣が、少し寒い気がする。
階段を下りて昇降口に向かっていたあたしは、非常階段の前の廊下の曲がり角で足を止めた。
夏保と一人の女の子が話をしていたから。
女子の方は、少し顔に見覚えがあった。
確かきのう、あたしにラブレターを届けてほしいと言ってきた子だ。
盗み聞きするつもりはなかったんだけど出るに出られず、正直少し興味を引かれた事もあって、あたしはその場で二人の成り行きを見守った。

「三上《みかみ》さん、ごめんなさい。俺はその気持ちには応えられません」
三上さんも泣きそうな顔をしていたけれど、夏保自身もすごくつらそうな顔で告白を断っていた。
「本当は、ここに来るのと来ないのと、どっちが三上さんを傷付けずに済むかって、すごく考えたんです。でも、三上さんの真剣な想いを無視するのは、自分に対する逃げでもあるって思ったから、三上さんも、俺自身も、傷付くのを承知でここに来ました」
三上さんはたまらず泣きだして、両手で顔を覆った。
「どうして駄目なの？　迷惑ですか？」
夏保も泣きだしそうな顔で、おろおろとハンカチを差し出す。
「泣かないで」
夏保の声はとても優しくて、部外者であるあたしの心にまで響いてきた。
こんな状況でそんな優しい声をかけられたら、余計に泣きたくなってしまうだろう。
「泣かないでください。俺と三上さんの立場は一緒だから、俺も泣きたくなっちゃう」
夏保はハンカチで三上さんの涙を拭いながら、穏やかな声で、思いやるような優しい瞳で、一言一言言葉を紡いでいく。
「一人だけ、なんです。俺の心の中にいる人は。その人じゃなきゃ駄目で、その人以外は見れなくて、でもその人には他に好きな人がいて、俺も今、報われない恋をしてるけど、でも幸せです。だって、好きな人が少しでも多く笑える道なら、隣を歩くのが自分じゃなくてもいいって思うから。三上さん、俺は気持ちには応えられないけど、三上さんの気持ち、迷惑だなんて思わないよ。誰かにまっすぐ気持ちを向けられるって、すごく尊い事だって思うから。光栄です。だから、この先も気持ちを誰かに向ける事に臆病にならないでほしいです。俺も頑張るんで、三上さんも負けずに頑張りましょう」
三上さんはいつの間にか泣きやみ、なんだか一人で張り切ってしまっている夏保を黙って見つめている。
夏保がふったせいで泣いているのに、その張本人に励まされてしまった三上さんは、どう反応したらいいのかわからない顔をして、次の瞬間噴き出した。
夏保は至って真面目《まじめ》で、だからこそ余計におかしかったんだろう。
「高部君、今日来てもらえてよかった。高部君を好きになってよかった。ありがとう」
三上さんはうっすら溜まった涙を拭って笑顔を見せた。
ようやく夏保もほっとしたように微笑む。
三上さんがこちらに向かって歩いてくるのが見えたので、あたしは慌てて階段を駆け戻り、別の道から昇降口へ向かった。

帰り道、さっきの夏保の言葉を頭の中で反芻《はんすう》する。
一人だけ心の中にいる人、か。
あたし……の事なのかなあ。
でも自分だとすると、いまいち真実味《しんじつみ》がない。
ただの“好き”なら、あたしかもしれないって思ったけど。
“その人じゃなきゃ駄目”なくらい好きとなると、あたしなのかなと迷ってしまう。
だって夏保みたいな人にそこまで好きになってもらえるような要因が、あたしには一つもないもん。
だけど他に夏保がアピールしてる人って思い当たらないし。
もやもやする考えを引きずったままあたしは家へ帰った。

夏保と三上さんの告白現場を目撃した日から数日の間に、あたしは何度も同じような光景に立ち会う事になった。
駐輪場や体育館の裏やら色んな場所で、夏保と女子が一対一で話をしている。
それでようやく、この頃夏保の付き合いが悪かった原因に辿り着く事が出来た。
あたしが届けたラブレターの差出人の女の子達一人一人に断りを入れるために、忙しく走り回っていたんだ。
夏保はどの呼び出しも絶対にすっぽかさずに、一人一人に時間を割いて、夏保自身も嫌な役回りだろうに、やっつけたり流したりしないでちゃんと相手と向き合って、それぞれの想いに対して真摯に応対して。

時にはひどい事を言って去っていく子もいたけれど、だけど夏保の気持ちはいつだって折れる事を知らなくて、つらそうな顔したり、笑ったりしながら、自分がふった女の子達を少しでも癒そうと必死だった。
そんな夏保の姿は最高にかっこよくて、まぶしかった。
どうしたらあんなに大きく心を成長させる事が出来るんだろう。
どうしたらそんなに真っ白なままでいられるんだろう。
あたしは、自分が恥ずかしい。
夏保は優しい。優しすぎる。
夏保は自分が嫌な思いをするのも厭《いと》わずに人の気持ちを尊重して、逃げずに一人一人とちゃんと向き合ってケジメをつけてるのに、あたしはどうだ。
友達まで巻き込んで嘘の関係演じて、まったく夏保の気持ちと向き合ってない。
逃げてばかりで、転んで立ち上がる努力もしないで、一人でいじけてるだけ。
なんて恥ずかしい生き方だろうか。
ちゃんと向き合わないと、だらだら引きずるだけで何も終わらせる事なんか出来ない。

第6歩

弱いから

「里ちゃん、俺に話って何？」
昼休みに久しぶりに一緒に食事をした時、放課後に話があるから時間があったら来てほしいって夏保に断っておいた。
夏保は急いで来たのか少し息を切らして、あたしの指定した理科準備室まで来てくれた。
この時間、ここは人気《ひとけ》がほとんどない。
別に聞かれて困る話ではなかったけど、誰かに茶々を入れられたくない話だったから。
「夏保、ごめん」
後ろ手にドアを閉めた夏保は、突然頭を下げたあたしを見て意味が呑み込めないといった顔をした。
「なんで謝るの？　俺、里ちゃんに謝られるような事された覚えないんだけど」
ここまで来ると鈍いというんだろうか。
あたしは夏保に謝らなきゃいけない事だらけだっていうのに。
「まず、丈とあたしは、本当は付き合ったりしてないんだ」
「え？」
「あたしの嘘に、丈が合わせてくれただけ。あたし今、彼氏いないから」

「なんで、そんな嘘ついたの？」
「それは……そう言えば夏保が離れていくと思ったから」
夏保はわずかに目を伏せて、気遣うようにあたしを見た。
「俺、迷惑だった？」
「違うんだよ。夏保と一緒にいると楽しくてすごく落ち着くの。これは本当。でもあたし、今は彼氏とか付き合うとかそういう事考えられなくて……考えたくなくて、だから少しだけ夏保の気持ちに気付いた時、遠回しに避けようとしたんだ。最初からはっきりそう言えばよかったよね。回りくどい事して、逆に引っ張り回してごめん」
「よかったぁ」
あたしの一つ目の謝罪を聞いた夏保は、心底安心したように微笑んだ。
騙《だま》されてて何がよかったんだろう、と思っていると。
「里ちゃんに邪魔だって言われたら俺どうしようかと思った」
鈍いというより究極の前向きというべきだろうか。
嘘つかれてたのに喜ぶなんて。
「もう一つ、謝らないといけない事があるんだ」
「何？」
夏保は逃げないであたしの答えを聞こうとしてくれてる。
本当は何を言われるか、内心ドキドキしてるのかもしれない。
今から言う事は夏保にとって傷付くような内容じゃないと

思うけど、それでも面白い内容でもないはずだ。
もしかしたら気分を悪くするかもしれない。
それでも謝らないといけない事だから、あたしは少し重い口を開いた。
「他の子のラブレター渡したりして、夏保の気持ち踏みにじるような事して本当にごめんなさい。傷付けるつもりはなかったんだ。ただ、夏保みたいないい奴、自分にはもったいなさすぎて……他の子とならもっと幸せになれるって思った」
黙って聞いていた夏保は、真剣ともわずかに怒っているともつかない顔であたしを見据えた。
その瞳には、普段は柔らかさに隠されている強い意志が込められているように感じた。
「それは俺が決める事でしょ。誰を好きになって、どうやって幸せになるかは俺が決める」
今度はあたしが目を伏せる番だった。
迷いのない夏保の顔を、まっすぐに見れなくなったんだ。
「強いね、夏保は」
「弱いから、強くありたいと思ってるだけ」
揺るぎない力強い言葉の後で、大きな手がそっとあたしの髪に触れた。
顔を上げると、夏保が優しい笑みを湛《たた》えていた。
「そんな事気にしなくてもいいのに。俺、何を言われるかと思って死ぬほどドキドキしてきたんだぞ」

夏保の優しさが痛いと感じる時がある。
こんなに優しくされてるのに、胸の奥がずきりと痛む。
夏保は、本当は聞きたかったんじゃないだろうか。
あたしが夏保の気持ちを受け入れない理由を。
あたしが言わない限り、夏保は絶対に聞いてこない。
死ぬほど気になってても、人の傷をかきむしるような事は死んだってしない人だ。
それがわかってる上で、黙って傷を隠しているあたしは卑怯なんだろうか。
まだ少しだけ時間が欲しいと思っているあたしは、やっぱり弱虫なんだろうか。
「夏保、いつもありがとうね」
夏保の優しさに触れたら「ごめんね」よりもこっちの言葉の方が相応《ふさわ》しく思えた。
「うん。こちらこそ」
やっぱり夏保の笑った顔は人の心を落ち着かせる力がある。
あたしもつられて微笑むと、夏保は少しだけキョドってあたしの頭からさっと手を引っ込めた。あ、また顔が赤い。
「あのさ、里ちゃん。里ちゃんにコヤナギさんを紹介したい」
「誰それ」
突然の話の切り替えとコヤナギさんという謎のキーワードに首を傾げる。
「それは会ってからのお楽しみ。今度の休みもし時間あったらうちに来ない？　あ、友達としてだから、今度の休みなら母さんいるし、安心して」
「特に予定はないけど」
「じゃあ、朝の10時に駅まで迎えに行くよ」
なんだかよくわからないけれど、頷いたあたしを見て夏保はとても嬉しそうだ。
「あ、俺、手紙くれた子と話してこなきゃいけないからもう行くな。また！」
「う、うん。ご……来てくれてありがとう！」
忙しそうに去っていく夏保の背中に、思わず謝りそうになって慌ててお礼の言葉に変えた。
夏保に謝ると夏保が悲しそうな顔をするから、ごめんって言いたくなかったんだ。
背中越しに手を振ってくれた夏保に、あたしも手を振り返す。
心のわだかまりが少しだけ解けた気がした。

あたしは携帯を取り出して丈に電話をかけた。
『どうした？』
「言っておきたい事があって。あたしと丈が付き合ってるって話、あれ嘘だからって夏保に伝えた。だからもうフリしなくていいからね。変な事に巻き込んじゃってごめん」
少しだけ間を置いて。
『ああ、そう』

いつもよりも不機嫌そうな丈の声が返ってきた。
やっぱり怒るよな。
勝手に巻き込んで勝手にはい終わりました、なんて都合がよすぎる。
「ごめんね、丈。怒ってる……よね？」
『怒ってねえよ。ただオレもそれなりに楽しんでたからさ、それだけ。じゃあな』
意味深な事を言われて通話は切られた。
楽しんでたってどういう意味だろう。
考えてもわからなくて、あたしは携帯を仕舞い理科準備室を出た。
それよりも気になるのはコヤナギさんだよ。
一体どういう人なんだろう。
夏保とどういう関係なんだろう。
次の休みが楽しみになった。

コヤナギさん

待ち合わせ時間の10分前に駅へ行ったら、すでに待っていた夏保があたしの姿を見付けて名前を呼びながら手を振った。
二人で十数分電車に揺られて夏保の家の近くの駅で降り、徒歩で高部家へと向かう。
住宅街の一角に、グレーの屋根にクリーム色の壁をした夏保の家があった。
「遠慮しないで上がって」
夏保が開けてくれた玄関のドアをくぐると、まとめ髪をした中年の女の人が目をキラキラさせながら廊下に飛び出してきた。
「いやぁ――かわいいー！」
あたしの手を取って大喜びしている中年の女性を夏保が引っぺがすようにして遠ざける。
「母さん、里ちゃんが困ってるだろ！　向こうへ行っててくれよ！」
「なんでよぉー。お母さんも息子の彼女さんに挨拶くらいしたいわよっ！」
子供のように口をぶぅーっととがらせたお母さんの言葉を、夏保は真っ赤になって訂正した。

「彼女じゃないよ！　友達だって言ったろ！」
必死な二人には悪いけど、面白い親子だな。
「里さん、小汚い家だけどゆっくりしていってね」
「父さんが苦労して買った家を小汚いって言うな」
まるで漫才でも見ているみたいな気分だ。
気の合う親子なのかもしれない。
「里ちゃん、こっち」
夏保に案内されて家の奥へと上がり込む。
先を行く夏保を見てある事に気が付いた。
右手と右足が同時に前に出てる……。
平静を装ってるけど、夏保の事だからものすごい緊張してるんだろうな。
なんか微笑ましい。
「ぷっ……夏保あんた何変な歩き方してんの。お母さんおかしくてお腹痛くなっちゃう」
リビングに入る間際、あたしの後ろから付いてきていたらしいお母さんが、口に手を当てて必死に笑いを堪えていた。
「母さん、本当に怒るぞ。今日の夕飯、肉減らすからな」
「やぁ──それは駄目ぇ──！」
とどめの一言だったらしく、夏保のお母さんは廊下の奥へと退散していった。
「楽しいお母さんだね」
「実際自分の親だったら頭が痛くなるよ、ほんと」
でも夏保みたいな子が育つんだから、やっぱり素敵な母親なんだろうと思う。
日の光が多く差し込むリビングに入ると、最初に目を引いたのは白い鳥カゴだった。
わたしの頭の位置くらいの高さに吊《つ》るされた鳥カゴの中では、一羽のオカメインコが止まり木の上で船をこいでいた。
「かわいいね。名前なんて言うの？」
「コヤナギさん」
「え？」
夏保は愛《いと》おしげに鳥カゴの中を覗き込みながら。
「こいつが里ちゃんに会わせたかった俺の親友」
コヤナギさんって、てっきり人間を想像してたよ。
正体は鳥だったんだ。
「18歳で俺よりもお兄ちゃんなんだよ、こいつ。もう年だから眠ってる事の方が多いけど、嫌な事とか全部聞いてくれるし、悩みを言うとファイトって励ましてくれるんだ。まあ、その言葉も俺が覚えさせたんだけど。俺の一番の友達」
コヤナギさんに視線を送りながら語る夏保の眼差しは、いつもの何倍も優しかった。
夏保にとって、ものすごく大切でかけがえのない存在なんだなって事が伝わってくる。
「俺の一番の友達だから、里ちゃんにも紹介したかった。……寂しい奴、って思うかな？」
夏保に聞かれてあたしは大きく首を横に振る。

「本当の友達に人間も動物も関係ないよ。心が通い合ってるかどうかでしょ、友達の定義って。すごく素敵だよ、お互いに大切に思える二人の関係……ん、いや、一人と一羽？」
真剣に首を傾げるあたしを見て、夏保は声を上げて笑って。
「やっぱ、里ちゃんに紹介してよかった」
夏保の嬉しそうな顔と、コヤナギさんの安心しきった寝顔。
本当に信頼し合ってる仲なんだなあ、とうらやましく思った。
「夏保ー、ジュースとお菓子用意出来ましたー。お母さん気が利くでしょー？　お肉減らさないでねえー」
家の奥の方から、夏保のお母さんのお茶目な声が聞こえてきた。
夏保は小さく溜息を吐いて、取りに行ってくる、とリビングを出ていく。
あたしはその間、コヤナギさんの寝顔を観察する事にした。
オカメインコって、トサカがとってもラブリーでかわいい。
ちょんって触りたくなる。
ほっぺが赤くて、なんかすぐに赤面する夏保みたいだ。
二人の共通点を見付けて一人で笑っていると、コヤナギさんが動きだした。
「あ、起こしちゃった？　ごめんね」
コヤナギさんのつぶらな黒い瞳にあたしが映る。
「初めまして、折原里と言います。よろしくね」

優しく話しかけると、コヤナギさんは少し間を置いて、なんと人間の言葉を喋りだした。
「サトチャン、ダイスキ！」
一瞬、なんて頭のいい鳥だろう、と思ったけれど。
冷静に考えるとこれって。
夏保の口から覚えた言葉なんじゃないだろうか。
そう思ったら急に顔に熱が集まってきた。
「サトチャン、ダイスキ！」
執拗《しつよう》に繰り返すコヤナギさん。
本格的に顔が熱い。
そこへ丁度、夏保がお盆を持ってやってきた。
「サトチャン、ダイスキ！」
「わぁーっ！　何言ってんだよコヤナギさん！」
夏保は大慌てでコヤナギさんに駆け寄るけれど、コヤナギさんは黙らない。
あたし以上に顔を赤くして「頼むから！」とコヤナギさんにすがる夏保の姿は、必死なところ悪いけど面白かった。
助け船を出そうと、あたしは別の話題を口にする。
「えっと、どうして名前がコヤナギさんなの？　なんか人の名前みたいだよね」
ほとんど泣きそうな顔になっていた夏保は、なんとか平静を保ちながら質問に答えてくれた。
「小柳《こやなぎ》さんって人の家からもらってきたインコなんだ。飼い主の小柳さんが、こいつの事そう呼んでたんだって。俺の父さんの知り合いで、すごくコヤナギさんの事をかわいがってたらしいんだけど病気で亡くなって、父さんがもらってきたって訳。コヤナギさんは、最初家に来た時は落ち込んで餌もろくに食べられない状態で、でもまだ小さかった俺の言葉をマネしたりし始めて、それから少しずつ元気になったらしいんだ。昔から持ちつ持たれつな仲だったんだよ、俺達」
コヤナギさんの事話してる時の夏保、いいなあって思った。だってすごく幸せそうで、楽しそうで、嬉しそうなんだもん。
こっちまで胸が温かくなるような。
二人の間の空気は本当に和やかで穏やかだ。
「コヤナギさんが俺の一番の友達って知ってるの、家族以外では里ちゃんだけだよ」
テーブルの上にジュースのコップとお菓子のお皿を置き、ソファに腰かけながら夏保が言った。
「今まで話してもいいと思えるくらい大切な人がいなかったんだ。……あ、俺何言って……へ、変な意味じゃないから！　これ殺し文句って言うんじゃないのか……!?」
一人で取り乱して、赤くなりながら頭を抱える夏保。
だからそんな風に意識されると、こっちまで恥ずかしくなるんだってば。
お互いに頬を赤くしたあたし達に、コヤナギさんが追い討ちをかける。

「サトチャン、ダイスキ！」
「コヤナギさん黙ってくれ！」
みんな必死だ。
恥ずかしいのを通り越して、なんだか夏保コヤナギさんコンビがおかしくなってきて、あたしは我慢出来ず声を上げて笑ってしまった。
夏保の周りには笑顔がいっぱい溢れてる。
きっとこんな夏保だから、笑顔の方が寄ってくるんだろうな。

視線の先

「じゃあね、コヤナギさん。また」
ソファから腰を上げて、あたしはコヤナギさんにお別れの挨拶をした。
「オミヤゲ、ヨロシク！」
なんて言葉を覚えさせてるんだ、と夏保に目をやると、頭を抱えていた。
この様子から察するに多分お母さんが覚えさせたんだろうけど、あえてつっこまないでおいてあげよう。
「駅まで送るよ」
「一人で帰れるよ？」
「じゃあ言い方変える。駅まで送りたいです」
「それなら、お願いします」
二人でクスリと笑い合って、あたし達は高部家の玄関を出た。
「コヤナギさん、かわいいね。特にあのほっぺとトサカがなんとも」
帰り道の夏保との会話はもっぱらコヤナギさんについてだった。
夏保と話題を合わせようとかそういうんじゃなく、あたしもすっかりコヤナギさんにはまってしまったらしい。

「そんな事言うと写メ送りまくりますけど」
「あー、それは嬉しい。絶対送って」
そんな話をしながら駅までの道のりを二人で歩いていると、駅前のショッピングモールで気になる光景を目にした。
パッと見は一人の女の人が二人組の男と話をしている普通の光景だけれど、近付くにつれ女の人の方が嫌がっている素振りをしているのがわかった。
その時ふと見えた女の人の横顔にハッと息を呑む。
忍だ。
あたしがそう認識した時には、もう夏保が動いていた。
男の一人の肩に手を置いて、よく通る声で夏保は言った。
「俺の知り合いになんか用ですか？」
いつものほんわかした雰囲気とは違う。
鋭く険しい感情を両目に宿している。
「気安く触んじゃねえよ！」
夏保に肩を触られた方の男が腕を大きく振って手を振り払おうとして、その腕が夏保の顔に当たった。
よろけた夏保に駆け寄ると、当たりどころが悪かったらしく一筋の鼻血が出ていた。
そんな夏保を見て男二人はせせら笑う。
「しゃしゃり出てんじゃねえよ。そっちの地味女とでも仲良くしてろっての」
男の目線を辿るに、地味女とはあたしの事だろう。
地味で悪いか！と食ってかかろうとしたけど、夏保の反応の方が早かった。
半眼になった夏保は、男二人のアゴを正面から片手ずつガッと掴み、男達の口の形が歪《ゆが》むほど力を入れる。
ぎしぎしとアゴの軋《きし》む音がここまで聞こえてきそうだった。
「里ちゃんがなんだって？　もういっぺん言ってみろよ。アゴ砕くぞ」
……え？　誰ですか、あなた。
思わずそう問いたくなるほど、今の夏保は別人だ。
いつもの優しい面影なんて欠片もない、冷たく低い声でうなる。
「消えてくれ。理性が働いてるうちに」
急に人の変わった夏保の剣幕に怯《おび》えて、男二人はそそくさと逃げていった。
男二人の背中が遠ざかったのを確認して夏保に目を戻せば、いつもの穏やかな表情に戻っていた。
ぐいっと鼻血を手の甲で拭った夏保を見て、あたしは慌ててバッグの中からハンカチを取り出す。
夏保に手渡そうとして、手を止めた。
「ごめんね、あたしのせいで」
あたしよりも先に、忍が自分のバッグから取り出したハンカチで夏保の血を拭いていた。
「どうって事ないよ」
にへらっと笑う夏保を見て、ちょっとだけ胸の奥がざわりとした。

あたしは行き場のなくなったハンカチをバッグの奥に押し込める。
――なんだろう、この気持ち。
前にもどこかで感じたような。
どこで感じたんだっけ。
でもなんでか、思い出したくない。そう思った。
込み上げてきた思いを無理矢理忘れる事にして、あたしは作り笑いをして忍に顔を向けた。
「忍、珍しいね。こんなところにいるなんて」
「あ、うん。ちょっと買いたい物があってね、遠出してたんだ。高部君、平気？」
「心配無用。俺、殴ったりは苦手だけど、殴られる方なら強いんだ。……ん？　自慢になんないかな？」
とぼけた夏保の返答にあたしと忍は声を合わせて笑った。

駅前で夏保と別れて、もう用事は済んだらしい忍と一緒に電車に乗り込む。
隣の席に座った忍は、なんだかいつもと雰囲気が違って見えた。
話しかけても上の空で、なんというか魂が抜けてるみたいな。そんな表現がしっくりくる。
「ねえ、里」
ボーッと窓の外を眺めていた忍が急に話しかけてきた。
「ん？」

「高部君さ……かっこよかったね」
忍の言葉に心臓が脈打った。
なんでこんなにドキドキするんだろうってくらい、心臓が胸の内を叩《たた》く。
「そう、だね」
なんとかそれだけを絞り出す。
意外な一面だった。
いつも穏やかな夏保があんな顔を見せるなんて。
ちらりと、隣に座る忍の横顔に視線をやる。
遠くを見ているような、何も見ていないような、そんな目をしていた。
その目が今何を見ているのか。
あたしはちゃんとわかってたはずなのに、今はそれに気付きたくなくて、無理に思考を断ち切る。
どうして気付きたくないと思ったのか。
今はそれすらも考えたくなかった。

笑い合える道

枕元の時計を見ると朝の５時。
きのうはよく眠れなくて、いつもより２時間も早く目が覚めてしまった。
気になっていた。夏保の事が。
きのう別れてからずっと、頭の中は夏保の事だけでいっぱいだった。
どうして急にこんなに意識するようになったのか。
多分、忍の口からあの言葉を聞いたせいだと思う。
『高部君さ……かっこよかったね』
思い出すと、胸がドキドキする。
高鳴るとか、そういうんじゃなくて。焦りとか恐れとか、そういう類のものだ。
でも、何に焦って何を恐れているのか、頭がそれを導き出す前に強制的に思考を遮断する。
知りたくないと、心が拒否したからだ。
答えを先延ばしにして、色んなものから逃げてばっかりで。
どうして夏保は、そんなあたしの事をここまで考えてくれるんだろう。
なんで夏保みたいな人が、あたしみたいななんの長所もない人間を好きでいてくれるんだろう。

一度はっきりと、聞いておきたかった。
まだ眠っているかもしれないから、夏保にメールを送る事にした。
なぜ、あたしなのか。
どうして好きでいてくれるのか。
さっき考えていた事を、そのまま打って送信する。
送ってから数分で、夏保からメールが返ってきた。
なんだ、夏保って結構早起きなんだな。
ドキドキしながらメールを開くと。
【それは秘密。いつか話してあげる。返信ついでにコヤナギさんの水浴び写メ送るね。笑えるよ】
あたしの疑問の答えははぐらかされてしまった。
というかコヤナギさんの水浴びシーンは本当に面白かった。
だって必死すぎるんだもん。
少しだけふさぎ込んだ気持ちを忘れて一人で笑ってしまった。

その日の昼休みは、忍と二人で過ごす事になった。
いつもの四人組で食べる予定だったんだけど、ちょっと女同士の話があるから、と忍が言いだしたからだ。
人気のない理科準備室の中で、忍と向い合わせに座ったあたしはパンの袋を開けながら言った。
「どうしたの忍、話って何？」
少しだけ頬を赤くして、でもすごく自然に、流れるように忍はその言葉を口にした。
「あたし、高部君の事好きなんだ」
体の奥でどくんと血が動いて。
「え、いつから……？」
平凡な答えしか出てこなかった。
「本当はね、前からいいなって思ってたの。でも、近くにいるようになって自分でもはっきりと恋なんだって思えるようになった。決め手は、きのう助けてもらった時なんだけど」
「そう、なんだ」
なんでこんなに心がざわざわするんだろう。
きのう、バッグの奥にハンカチを押し込めた時にも同じ気持ちになった。
今ようやくわかった。
どうして気付こうとしなかったのかも、なぜ答えを遠ざけたのかも、今全部わかった。
これは、この気持ちは、ヤキモチだ。
義兄さんが、お姉ちゃんの隣へ行ってしまった時に感じた気持ちと一緒。
今まで自分だけのものだと思っていた人が、そうではなかったと気付いた時の、あの気持ち。
「里、高部君の事なんとも思ってないんだよね？」
言葉に詰まる。
自分の中で夏保が、いつの間にか気になる男の子になっていた事にやっと気付いた。
気付いたのが今なだけで、きっとあたしはもうずっと前から夏保の事を男として見ていたんだと思う。
そんなはずないって。
それは駄目だって。
自分を抑え込んでいただけ。
でも、それがわかっても。
あたしは忍みたいに堂々と気持ちを口にする事が出来ない。
言ってしまったら後戻り出来ない気がして、それがとても怖かった。
その点でも、自分は女としても人間としても劣っているんだ。忍には勝てない。
「うん……」
ためらいながら頷いたあたしの手を取って、忍はキラキラした目を向けてくる。
「あたし頑張るから、里も応援よろしく」
頷く事も返事をする事も出来なくて、ただ曖昧に笑い返した。
それしか出来なかった。

忍の気持ちを知ってから、あたしはまっすぐに夏保を見れなくなった。
夏保と話す事が後ろめたい気がして、夏保の隣にいる事が悪い事のような気がして、気が付くと夏保を避けるような言動ばかり取っている。
そのくせ夏保が他の女の子と仲良さそうに話していたり、忍と一緒に笑っていたりすると、なんだか心がモヤモヤして気分が悪くなった。
最悪だ。
こんな汚い感情を持っている自分が、嫌で仕方なかった。
夏保から離れて、夏保を見ないようにしている時だけ、汚い心がわずかに落ち着く気がした。
なのにそんなあたしの心の内も知らないで、夏保は「里ちゃん、里ちゃん」と言って近くに寄ってくる。
逃げようとしてもどこまでも追ってきて、あたしの隣で笑っている夏保が、この時ひどく残酷な人に思えた。
その笑顔が自分以外の人にも振りまかれているものだと思うと、胸がぎゅっと締め付けられた。
一度の恋の失敗から、知らず知らずのうちにあたしの心の中には強い独占欲と嫉妬心が育ってしまったんだろう。
だけど、夏保は別にあたしの恋人でもなんでもない。
こんな気持ちを持つのはお門違いだ。
夏保の気持ちを受け入れたら楽になれるんだろうか。
そんな弱い事を考えてすぐに自分で否定する。
夏保を受け入れてしまったら、自分はもっと強い鎖で夏保を縛ってしまうだろう。
自分も相手も、きっと身動きが取れないくらいガチガチに縛ってしまう。

そんな関係嫌だし、夏保を苦しめたくないし、そこまで醜い自分になりたくない。
だから、自分でも認識出来るようになった、育ち始めた気持ちをグッと抑えて必死に友達を装った。
夏保には忍の方がお似合いだ。
美人で頭もよくて、性格もいい。
自分なんかより、忍と一緒にいた方が絶対に夏保のためになる。
そう信じた。
「里ちゃん、一緒に帰ろう？　って言っても校門までだけど」
あたしが勝手に出して勝手に守ろうとしてる答えなんてお構いなしに夏保は近くへ寄ってくる。
今のあたしにとって、その行動は無神経に感じられた。
もうやめてよ。
あたしはあなたの隣にはいられないの。
あたしじゃない方が、みんな幸せになれるんだよ。
今まで男子に興味を示さなかった忍が、誰かを好きだと言うのにどんな想いがあったんだろう。
忍を裏切れないし、夏保を縛りたくないし、汚くなりたくない。
あたし達は、離れていた方が誰も傷付かずに済むんだよ。
あたしはギリッと奥歯を噛み締めて、出来るだけ冷たい声と表情で夏保に向き合った。

「ねえ、夏保の気持ちには応えられないって言ったよね。あたし達恋人でもなんでもないんだし、あんまりベタベタ近付かないで。正直、うっとうしいし、暑苦しいし、うざったい」
嫌いになってくれればって思った。
世界で一番最低な女だって思ってくれればって。
なのに、夏保の傷付いた顔に、どうしてこんなに胸を抉られるんだろう。
逃げるみたいに顔をそらして、突き放すように冷めた声で言う。
「少し距離置いた方がいいよね、あたし達」
「ご、めん……」
夏保は少し呆《ほう》けたように、悪くもないのに謝った。
謝らないでよ。
悪いのはあたしだけでいいんだから。
これでいいんだ。これできっと全部うまくいく。
こんな胸の痛み、みんなが笑い合える日が来れば、すぐに消えてなくなるから。

第7步

顔を上げて

昼休み、教室の入り口に目をやる。
いつもこの時間になると、別クラスから飛んできた夏保が、その場所で人懐っこい笑みを浮かべて手を振るんだ。
でもきのうも今日も、夏保の姿は見えない。
あたしの言った事を気にしてるんだろう。
我ながらひどい事を言った。
でもきっと夏保の手を取っていたら、もっと多くのものを傷付けた。
これでよかったんだ。
今はもう、そう思うしかない。
あたしと夏保の関係を気にしていた忍には、夏保とはなんでもないから頑張って、と声をかけた。
忍はいつもよりも気合いを入れたメイクをして、毎日積極的に夏保に会いに行っているみたいだ。
「元気ねえな」
頭上から降ってきた声に、腕に埋《うず》めていた顔を上げると丈があたしを見下ろしていた。
丈はあたしの前の夕子の席に腰かけると、椅子の背もたれに頬杖をつく。
「悩みがあるなら言えよ」

自分で思っていたよりも心が弱っていたのかもしれない。
いつもは大きな悩みほど自分の中に溜め込んでおくのに、この時は誰かに聞いてほしいと思ったんだ。
自分は正しかったんだと何度思っても。
夏保にあんな顔をさせてしまって、あの顔が頭から離れなくて、つらかった。
「夏保をね、傷付けちゃったんだ、あたし」
丈は黙ったまま相槌《あいづち》も何もなく、あたしの目をまっすぐ見つめて話を聞いてくれている。
「いつも優しくしてくれたのに、ひどい事言っちゃった」
「忍のため？」
あたしは少し考えて、首を横に振った。
「そのつもりだった。でも結局あたしは自分の事しか考えてなかったんだ。自分が傷付くのが嫌で、代わりに人を傷付けただけ。最低だよ。もう友達にも戻れないかもしれない」
丈は曇りのない目であたしを見返して、少しだけ硬い声でその言葉を口にした。
「お前、高部の事好きなの？」
自分でも、自分に質問する事を避けていた問い。
心の奥の方に、あたしはその答えを持っている。でも。
「ごめん。その言葉をあたしは言っちゃいけないんだ。言う権利がない」
うつむいたあたしの耳に、丈の小さな溜息が聞こえた。

「それって肯定したも同然じゃん」
椅子を引いて席を立った丈は、軽く叩くようにあたしの頭に手を置いた。
「オレがお前と高部の仲を取り持ってやるよ」
「余計な事しないで。忍の気持ち知ってるんでしょ？　あたしがこのままの位置にいる方がみんな丸く収まるんだよ。みんな笑えるの」
「じゃあ、お前は？　お前はいつ笑えるようになるんだよ。目の前でずっとそんな顔されてる方の身にもなれって」
引き留めるあたしの声を聞かずに、丈は教室を出ていってしまった。
どうしようかと思っていると、丈と丁度入れ替わりに教室に入ってきた夕子が、あたしの姿を見付けると慌てたように駆け寄ってきた。
「ちょっと、ちょっと、どういう事よ!?」
その声につられて美晴まであたしの席にやってくる。
「夏保君と忍が仲良さそうにお昼食べてたんだけど！」
「は？　何それ。夏保君は里の彼氏じゃん？」
「でしょ？　肩寄せ合ってベタベタしてたよ」
あたしは勝手に盛り上がる二人の間に割って入る。
「二人とも、落ち着いて。あたしは夏保とは恋人でもなんでもないんだから。誰と一緒にいようが夏保の自由だよ」
「夏保君は自由としても忍はどうなの。里と夏保君が仲いいの知ってて割り込んできたんでしょ？」

「そうだよ。忍って友達より男を選ぶような人間だったんだね。ちょっと幻滅」
忍は何も悪い事なんかしてないのに、あたしの勝手な行動のしわ寄せが忍に行ってしまうのは我慢ならなかった。
「忍はそんなんじゃないよ。あたしが忍に頑張れって言ったの。忍はただ真剣に初めての恋に一生懸命になってるだけ。それにさ、こんな事ぐらいで信じられなくなる友情なら、それこそ幻滅だよ。でしょ、二人とも？」
夕子と美晴は顔を見合わせて、いじけたような顔をして頷いた。
「里は、夏保君の事なんとも思ってないんだ？」
「うん。忍とうまくいってくれればって思ってる」
嘘じゃない。
今はまだ少しの痛みはあるけれど、あの二人ならあたしは、いつかちゃんと祝福出来る。
「里がそう言うなら、あたしはもう何も言わない。ごめん、勝手に騒いで」
わかってくれたみたいで、夕子はちょこんと頭を下げる。
「ね、久しぶりにさ、一緒にお昼食べよ」
あたしの言葉に美晴達は笑顔で頷いた。
大丈夫。
元の生活に戻るだけ。
夏保が現れてからの時間はとても楽しかったけど、それまでの時間だってあたしはあたしなりに好きだったんだ。

その時間が戻ってきたんだから、落ち込む事なんて何もない。
三人でお弁当を食べていると、さっき飛び出していった丈が戻ってきた。
一瞬目が合ったけれど、丈は少し難しい顔をして自分の席に腰かけた。
どうしたんだろう。
気になったけれど、席に戻ったって事は今は話したくないんだろう。

放課後になって、丈があたしの席までやってきた。
「一緒に帰らねえ？　話とかあるし」
昼休みの時の事が気になっていたあたしは丈の誘いに頷いた。
「なんか、あいつ楽しそうだったよ」
校門が見えてきた辺りで、ぽつりと丈が零した。
「オレが話しに行ったらさ、忍と二人で楽しそうに弁当食ってた」
夕子に聞いた話と同じだ。
「そっか」
そういう言葉しか出てこなかった。
他に何を言えばいいのかわからなくて、少しだけ上ずった不自然な声で、それだけ。
これを望んでたんじゃないか、あたしは。

夏保があたしを一番に考えてくれてたみたいに、あたしも夏保の幸せを一番に考えるべきだ。
夏保が笑っていたなら、それは喜んであげなくちゃいけない。
「元気出せよ。しょうがねえな、オレがアイスおごってやる。金欠だけど」
「……ダブルにしていい？」
「ふざけんなお前、調子に乗んなよ」
空元気なりに、丈と二人で笑い合いながら校門を出た時、前方に見えた光景にとくんと胸が鳴る。
夏保と忍が楽しそうに道を歩いていた。
夏保はもう、前の気持ちを吹っ切って今を楽しんでるんだ。
引きずってるのはあたしだけ。
自分から終わらせようとしたのに、あたしが一番出遅れてる。
「里、行こう」
気を遣ってか、丈はあたしの腕を引いて夏保達とは反対の道を歩きだした。
あたし今どんな顔してるんだろう。
丈が心配しちゃうような顔してるのかな。
やだな。
自分を取り繕うのってこんなに難しかったっけ。
なんでだろう。
夏保が笑っていてくれたらいいんでしょ、あたしは。

なのに、どうして胸が締め付けられるんだろう。
自分は、誰かの事なんて少しも考えていなかったんじゃないだろうか。
ただ、汚くなっていく自分を見ているのがつらくて、そこから逃げていただけなんじゃないか。
だからこんなに胸が苦しいんだ。
ずるい。
ずるいよ、自分。

丈にアイスをおごってもらって食べ終わった。
「うまかった？」
隣に腰かけた丈が聞いてくる。
「あ、うん」
せっかくダブルをおごってもらったのに、正直自分が何味を食べたのかすら記憶にない。
友達友達って自分に言い聞かせて接してきたけど、本当はそんなのなんの意味もなかった事に今さら気付く。
あたし一体どこまで夏保にはまってたんだろう。
失くしてこんなに落ち込むくらい、強い気持ちだったのかな。
自覚してなくても、気持ちって自分が知らないうちにどんどん成長していってしまうものなんだ。
自分の事なのに把握出来ないって、人間って変なの。
気持ちも弱さも、全部思い通りに制御出来たらいいのに。

「オレ、里の事好きだよ」
考え込んでいたあたしの耳に、すごく自然に入ってきた言葉。
あたしはその言葉が紡がれた場所――丈の口元にゆっくりと視線を移した。
「もちろん女として好きって意味で」
丈はあたしと視線を合わせないようにして、道行く人を目で追いながら言葉を続けた。
その頬は少しだけ赤かった。
「弱ってるお前の心の隙間に入り込もうとしてるずるいやり方だけど。でも嘘はないから」
今まで友達としてしか考えた事のない丈に突然そんな事を言われて、あたしの頭は混乱する。
「あたし、丈の事そういう風に見れないよ」
乾く口を動かしてなんとかそれだけ言ったけれど。
丈はまっすぐにあたしの目を見返して、迷いのない力強い口調で言った。
「今じゃなくても、すぐじゃなくてもいい。少しずつでいいから、見る努力をしてほしい」
丈の言葉から、真剣な目から、強い気持ちが伝わってくる。
ただでさえ解決出来ない問題を抱えているのに、なんで次々と心を惑わすような事が舞い込んでくるんだろう。
「オレのタイプってさ、美人で甘え上手で優しくて、そういう女の子がいればいいなって昔から思ってたんだよ。でも好きになったのはお前だった。タイプと全然真逆だよな」
何気に失礼な事を言われた気がするけど、茶々を入れるような雰囲気じゃなかったから黙って聞く事にした。
「里と一緒にいると楽しくてさ、笑ってる顔を見てるとこっちまで嬉しい気分になるんだ。中学の時からずっとだぜ？　いい加減、実れって思うよ」
はぁーっと大きく息を吐いて頭を抱えた丈の姿に胸が苦しくなる。
みんな真剣だ。
あたしだけが一生懸命になる事から逃げてる。
「……あのさ、丈。努力してみる。でも、気持ちに応えられない時はごめん」
「先に謝んなって。もし男として見られなかったとしてもそれはそれでいいから。友達までやめるとか言うなよ？」
丈と恋人になるなんてそんな事想像出来なかったけど、友達じゃなくなるのも想像出来なかった。
「大丈夫、丈はずっとあたしの友達だもん」
「ずっとって言うな。オレはその壁を壊してえの」
ニッといたずらっ子のように口の端を持ち上げてあたしの頭を小突く丈を見て、あたしは小さく笑いを零した。
すぐになんて気持ちは切り替えられないけど、前に進むって事は変化を受け入れなくちゃいけないって事だ。
少しずつ壊れたり、動いたりしてしまう周りの状況を受け入れて、それでも投げなかった人だけが前に進める。
あたしも、前に進みたいよ。
ちゃんと顔を上げて、前に進みたい。

想いの行方

夏保と話をしなくなってから数日が経つ。
夏保と話せないのって、こんなにつまらなかったんだな。
距離が出来てから初めて知る。
いつの間にか、夏保の事好きになってたみたい。
ずっと胸の奥にあったその気持ちに気付くのが怖くて蓋をしてたけど、こんな時になって今さらその強さを思い知る。
だけど、この気持ちは口にしたり誰かに届けたりしたらいけない気持ちなんだ。
忍も同じ気持ちで、それはきっとあたしなんかよりもずっと透き通ってて強い気持ちに違いない。
だったら、あたしよりもまっすぐに好きな人に向かっていった忍の想いが果たされるべきだ。
「今日ね、夏保とデートする約束してるんだ。あ、これ見て、夏保がプレゼントしてくれたの」
今までの大人な雰囲気が完全に死んで、恋する無邪気な少女のようにはしゃぐ忍は、なんだか前よりも綺麗になった気がする。
夏保にもらったというハートのチャームが付いたブレスレットが忍の細い手首にとても映えた。
高部君から、夏保って呼ぶようになったんだな。

そのわずかな変化に作り笑いしか返せないあたし。
友達の幸せを心から祝福出来ないなんて最悪だ。
「忍、幸せ？」
「うん、すごく」
キラキラと笑う忍は本当に素敵だと思った。
いいな。
うらやましいなって、胸の奥がぎゅうっとなる。
それを隠して、顔では笑って、よかったねってあたしは言う。
これは本当に友達の関係なんだろうか。
嘘で塗り固めて、いつかはがれたりしないんだろうか。
その時になって、ちゃんと本音で付き合っていればよかったって、また後悔するんだろうな。
丈は告白なんかなかったみたいに普通に接してくれる。
あまりに普通だから、ふと思ってしまう。
丈は本気だったんだろうか。
あの目は冗談には見えなかったけど、今ひとつ信じられない自分もいる。
やっぱりあたしみたいななんの取り柄もない女が異性に好かれる事自体が理解出来ないんだ。

その日は丈と一緒にお昼を食べる事になった。
あたしの席へやってきた夕子達を「邪魔すんな」と笑顔で追い払った丈は、ぶーぶーと口をとがらせる夕子の椅子に我が物顔で腰かけてあたしの前に陣取る。
何を話すでもなく、丈はパンをかじりながら興味深げにあたしのお弁当を覗き込んだ。
「うまそう」
「あげないよ」
あたしの即答に丈はいじけた子供のような顔になる。
なかなかその顔が直らないので、あたしは「じゃあさ」と一つ提案を持ちかけた。
「あたしの質問に答えてくれたら、おかず一品あげる」
「何？　なんでも聞けよ」
「うん……なんで、あたしなの？」
「ん？」
意味がわからないといったように一瞬首を傾げた丈だけど、すぐに理解して「ああ」と声を漏らした。
「なんでかな。気が付いたら好きになってた。理由なんて後付けでいくらでも言えるけど、オレがお前を好きだと思ったのはさ、多分、放《ほ》っとけなかったから」
「どういう意味？」
「心の内がなんでも顔に出るし、強がりばっかりだし、弱いくせに強気で、危なっかしいっていうか、こいつ目が離せないなって思ってたら、知らない間にずっと追ってるようになってた。きっかけとかよくわかんねえけど、里のそういう自然体で飾りけのないところに惚れたんだと思う」
あたし、昔からなんにも隠せてなかったんだなあ。

思ってる以上に、人間ってうまく立ち回れないのかもしれない。
自然に動ける人だけが、きっと自然に幸せになれるんだ。
「約束。そのハンバーグが食いてえ」
丈は今日のあたしのお弁当のメインおかずを指差した。
「これ、一番楽しみにしてたんだけど」
「そんな事は聞いてねえよ。よこせ、約束だろ」
あたしから勝手に箸を奪い取った丈は、ひと口でハンバーグを平らげてしまった。
「丈、ひどい。えげつない」
「うまい」
ニカッと笑った丈の顔は欠片も嫌みがなくて余計に腹が立った。

「里、中庭にメシ食いに行こうぜ」
次の日も丈にお昼のお誘いを受けた。
あたしは少し迷って、思った事を口にする。
「あのさ、丈。あたしやっぱり丈の事そういう風に考えられないし……」
「すぐじゃなくてもいいって言ったろ。つべこべ言うな、行くぞ」
あたしの言葉を途中で遮った丈に、強引に腕を引かれて教室を出た。
今日の丈はなんだか必死だ。

あたしの答えが遅いから焦っているのかもしれない。
いつまでも待たせるのは悪い気がするけれど、答えを急いだら余計に傷付けてしまいそうで。
どっちの道も選べないまま、あたしは前と同じ距離を保とうとしてる。
「カップルばっかじゃん」
そう言って芝生に腰を下ろした丈が「あ」と小さく声を漏らして、その視線を前方に向けたまま固まる。
どうしたんだろうと思ってあたしもそっちに目をやると、夏保と忍の姿があった。
それだけなら、平静を保てたと思う。
二人がキスしていなければ、こんなに心臓がバクバクする事なんてなかったと思う。
一瞬、わずかに目を流した夏保と視線が合った。
あたしの頭の中で何かがぷつんと切れて、後はもう何も考えられなくてその場から駆けだした。
「里！」って名前を呼ぶ丈の声が聞こえたけど、それすらも振り切ろうとあたしは全力で中庭を後にした。
なんで、こんなに胸が苦しいの。
夏保が誰とキスしようが、あたしには関係のない事なのに。
足を止めると、いつの間にか校舎の裏に来ていた。
あたし、どうしてあんなに取り乱したんだろう。
自分で自分が制御出来なかった。
もう夏保とはなんでもないんだから。

忍を応援するって決めたんだから。
逃げ出したりしたら気持ちが全部嘘になる。
「里」
名前を呼ばれて振り向くと、あたしを追ってきたらしい丈が立っていた。
「なんて顔してんだよ……」
あたしに近付いてきて、そっと頬に片手を添える。
どんな顔してるんだろう、あたし。
泣きそうな顔かな。それとも、苦しそうな顔だろうか。
「もう、忘れろよ」
丈は呟くように言って、高い身長を少しかがめた。
避ける間もなく、唇に柔らかい感触が触れる。
「や、だ……っ」
あたしは丈を突き飛ばして離れようとしたけれど、丈はあたしの腕を掴んだまま放してくれない。
もう何がなんだかわからない。
突然キスされた事で今まで堪えていたものが溢れ出して、両目からぽたぽたと大粒の涙が零れだす。
「何、やってんだよ」
校舎裏に響いた声に視線をやると、息を乱した夏保と目が合った。
夏保はあたしの顔を見てぎりっと歯を食いしばり、突然丈の胸倉を掴んで思いきり頬を殴り飛ばした。
「里ちゃんを泣かせたら許さないって言ったろう」

怒気を含んだ夏保の声。
何がどうなっているのかわからずに、その場に佇むあたしの視界に今度は忍の姿が映った。
あたしの視線を受けて、忍は観念したように深い溜息を吐いた。

一直線に駆け足で

あたしは地面に尻もちをついた丈に駆け寄った。
夏保に殴られた丈の頬は赤くてわずかに腫れている。
手加減なしだったのは、その痕《あと》を見ればわかる。
「なんで、夏保が丈を殴るの？」
わからない事だらけだったけど、とりあえず一番最初に頭に浮かんだ疑問はそれだ。
あたし達の事はもう夏保には関係のない事のはずなのに、どうして丈を殴ったりしたのか。
夏保は少し怒ったような顔で、何かを堪えるようにまだ拳を握り締めている。
「里ちゃんと丈君が付き合う事になったって、それが里ちゃんの選んだ答えだって忍さんに聞いたから、だから俺は身を引こうと思ったんだよ。絶対泣かせるなって、それが条件だった。なのに、そんな顔させるなんて、いくら丈君でも許せない」
夏保の言葉は揺るぎがなくて強かった。
丈は殴られた頬を拭って、うつむき加減で黙っている。
それぞれが何を言ったらいいのかわからない状況の中で、沈黙を破ったのは忍だった。
「ちょっとさ、里と話があるから男はどこかに行っててくれないかな」
有無を言わせない忍の口調に、夏保と丈は無言で校舎裏から去っていった。
二人きりになったその場所で、忍はあたしの近くに寄ってくると深く頭を下げた。
「ごめん」
なんで謝られたのかわからない。
あたしは忍に頭を上げるように言って、理由を聞いた。
「どうして、忍が謝るの？」
顔を上げた忍の表情は、まずい物でも食べた時みたいに歪んでいた。
「里と夏保が出会う前から、夏保の事少し気になってたんだ。ただ単に顔が好みだっただけなんだけどね。その時はまだ好きとかそんな具体的な気持ちじゃなかった。一緒にいるようになって、段々少しずついいなって気持ちが強くなって、はっきりと夏保の事が好きなんだって思えるようになったのは、あのナンパから助けてもらった時。純粋にかっこいいって思った」
校舎の壁に背を預けて、建物の隙間から見える空に視線を投げながら、忍は懐かしむような、どこか寂しそうな目をして話を続ける。
「里は夏保と恋仲になるのを避けてるみたいだったし、自分が出ていっても許されるって思った。丈にさ、夏保とケンカしたって言ったでしょ？　その話ね、すぐにあたしに流れてきて、二人でチャンスかもって思ったんだよ。今ならそれぞれの心に付け入る隙があるんじゃないかって。丈と連絡取り合ってさ、あたしと夏保が仲良くしてるとこ、偶然を装って里に見せたり、逆に丈と里が一緒にいるところを夏保に見せたりもした。諦めてもらいたかったんだよね、出来るだけ傷付かないように。でも、全然思い通りにいかなかった。里も夏保も思いっきり傷付けたし、結局あたし達姉弟の恋も実らなかったし、踏んだり蹴ったり」
忍は空に向けていた視線をあたしによこして、泣きそうな顔で笑った。
「ごめんね、里。あたしの好きな人が夏保で、丈の好きな人が里じゃなければ、こんなひどい事しなかった」
正直にすべてを話してくれた忍を、責める気にはなれなかった。
そんな資格はあたしにはない。
色々な状況が重なり合ってしまっただけ。
そして、そういう状況を作り上げたのは紛れもなくあたしの弱さだ。
「色々やったよ。思い付く限りの事、丈と相談して画策した。里と丈が付き合い始めたって夏保に吹き込んだり。これね、夏保にもらった物じゃないんだよ」
そう言って持ち上げた忍の手首には、数日前に夏保にもらったと喜んでいたブレスレットが付けられていた。
「自分で買ったの。里の気持ちを夏保から丈に向けるために、あんな嘘ついた。空回りしただけだけどさ。里、夏保とあたしがいるところ遠くから見て楽しそうって思ったでしょ。あの時、あたし達がなんの話してたか知ってる？」
言葉を区切って、本当におかしそうに忍は笑った。
あたしは答えがわからなくて、そんな忍を見ているだけ。
「あの時ね、里の話をしてたの。里の失敗談や、里に助けられた事とか。そういう話ばっかり。だってさ、夏保の奴、里の話をした時じゃないと笑ってくれないんだもん」
そう言った忍の顔は、笑っているのに寂しそうだった。
平気なはずがないんだ。
普通に話してくれているけど、今し方失恋したばかりで、平気なはずがない。
なのに忍は、あたしの傷を癒すためにこんな役を買って出てくれている。
もういいよ。そう言おうとしたら、忍の方が先に口を開いた。
「だけど、さっきのキスは失敗だったよ。いくらあたしがモーションかけても夏保が全然なびいてくれないから、業を煮やしてキスしちゃったの。これで片が付くと思った。なのにね？　夏保さ、あたしがキスした後、腕でぐいって口元拭ったんだよ。ああ、これは完全に見込みないわって思った」
さっきのシーンが頭に蘇る。
あたしはあの時、確かにショックを受けたんだ。

胸を内側から強く叩かれたような痛みを感じた。
捨てようとした気持ちが、少しも捨て切れていなかった証拠。
「あんな事しといて、今さらこんな事言えた義理じゃないけど、ごめん。でもこれだけは本当。里の事が嫌いな訳じゃなかったんだ。ていうか、今でも好きな事には変わりない。ただ、あたしも本気だったの。昔から冷めてて、こんな風に一人の人に気持ちを燃え上がらせた事なかった。里には悪いと思いつつも自分でも止められなかったんだ。本当にごめん」
また忍はあたしに深々と頭を下げた。
「謝らないで」
もとはと言えば、すべて優柔不断で臆病なあたしが蒔《ま》いた種なんだ。
自分だけが傷付いているような顔して、周りの人まで巻き込んでしまった。
「あたしの方だよ、謝らなきゃいけないのは。忍、ごめん」
顔を上げた忍は、すべてを吹っ切ったようなすっきりした顔でにっこり微笑んだ。
「里、泣かせちゃってごめんね」
あたしの頬に付いた涙の跡を、忍がハンカチで拭いてくれる。
「あ、これは……」
忍に泣かされた訳じゃなくて、丈にキスされたのが引き金になって泣いたんだ。
あの時一瞬、
――嫌だ。
そう思ってしまった。
言葉の後半を言ってもいいものかどうか迷って呑み込んだあたしの考えを読み取ったかのように、忍は小さな溜息を漏らす。
「丈もとんだ道化者だね。あたし達双子、やっぱ似てるわ。空回りばっかり」
忍の口調には悲観ぶったところも皮肉さも何もなくて、ただ全部のしがらみを脱ぎ捨てたような軽やかな顔で青空に向かって伸びをした。
「行きなよ、夏保のとこ。待ってるんじゃない？　夏保ってほんと、里の事しか頭にないからさ」
ばんっと忍に背中を叩かれて、あたしは数歩よろけた。
どんな顔で会いに行けばいいのかとか全然わからないけど、それでも一言夏保に謝らないといけない。
「行ってきます」
「うん、行ってこい」
忍と笑い合って、あたしは駆け足で今一番会いたい人のところへ向かった。
少しの迷いもなく、ただ一直線に。
こんな走り方したの、本当に久しぶりだ。

ちゃんと

「夏保……！」
非常階段の近くで夏保の後ろ姿を見付けて声をかける。
非常階段の一番下の段に腰かけた丈と何かを話してたみたいだけど、あたしの声を聞いた丈は腰を上げ階段を上っていった。
今この場には、あたしと夏保しかいない。
「もう、平気？」
夏保の優しい気遣いが今は素直に嬉しい。
「平気だよ。ごめん、色々と」
何から話したらいいのかわからなくて、二人の間に少しだけ沈黙が流れた。
でも決して居心地の悪い沈黙じゃない。
何も言わなくても、お互いになんとなく相手の事がわかっている。そんな空気だ。
あたしは一歩夏保に近付いて、その顔をまっすぐに見つめる。
今までこんな風に夏保の顔を見た事ってなかったかもしれない。
「あたしね、夏保から離れようと必死だった。過去の失恋の傷を言い訳にして、向き合う事から逃げてたんだ。だけど、夏保がいない日常って、すごくつまらなかったの。びっくりするくらい色褪《いろあ》せてた。やっと気付けた時には色々なものを傷付けてたけど、最後にここに辿り着けた事だけはよかったって言える」
目をそらさずに。
夏保は透き通った亜麻色の瞳であたしを見つめ返す。
前は寸前でそらしていたその視線も、今はまっすぐに受け止められる。
「夏保の事、すごく大切だと思ってる。夏保に好きでいてもらえた事はあたしの自慢だし宝物だよ。でもね、あたしやっぱり夏保とは付き合えないよ。だって、夏保の事、信じられなかった。好きだって言ってくれた言葉も、あたしのためにしてくれた行動も全部、忍と一緒にいる夏保を見た時に、あれは嘘だったのかなって思っちゃったんだよ。夏保の真剣さを疑ってしまった。こんなあたしに、夏保の隣にいる資格はないから」
夏保は「うん」と頷いた。
そしてすぐに、やんわりと笑う。
「でも、どんな事があっても里ちゃんを信じてた俺には里ちゃんの隣にいる資格がある。だろ？」
そういう事を当たり前に言う人だから、頑《かたく》なな心が魔法でもかけられたみたいにほどけてく。
「里ちゃん、今まで怖くて聞けなかったんだけど。今すごく聞きたい。里ちゃんは、俺の事好き？　もちろん男としてって意味で」
あたしは少しずつ言葉を見付けるようにして答えた。
飾らない、見栄《みえ》を張らない、正直な言葉でいい。
ただ、夏保の心に一番届きやすい言葉で答えたかったんだ。
あたしは最初に、今まで誰にも言った事のない過去の失恋の話を口にした。
みじめったらないけど。
でも夏保の気持ちに応えるには避けては通れない道だと思ったから。
「恋をするのが怖かった。もう一度男の人を信じてみようって思うのが怖かったんだ」
あの日、泣いているだけで何も行動しようとしなかったあたしに、夏保が取り戻してくれた笑顔。
あたしが泣いていた理由は何も聞かずに、夏保は傍にいてくれた。
どんなにひどい事をしても、ずっと信じていてくれた。
「すごく嬉しかった。夏保がいてくれたからあたし、ちゃんと泣きやめたんだ」
過去の事を夏保に話しただけで。夏保に聞いてもらえただけで。
なんだか今まで抱えていた傷が、胸の奥ですぅっと薄くなっていくような気がした。
「自分が傷付くのが嫌で、夏保の気持ちを何度もやり過ごした。でも、もう逃げない。いっぱい傷付けてごめんなさい。あたしは夏保の事が好きです。大好きです」
やっと自分の気持ちを言えた。
この一言を言うのに、どれだけ遠回りした事だろう。
夏保は黙ったまま、あたしを見つめ返している。
あたしもそらさないように、夏保の視線を受け止めた。
だけど……長いな。
なんだろうこの間は。
不思議に思って夏保をまじまじと見つめ返すと、なんだか様子がおかしい事に気付いた。
ボーッと一点を見つめて微塵も動かない。
「な、夏保？」
心配になって声をかけると、ハッと我に返ったらしい夏保の顔がみるみる赤くなっていく。
「……あ、いや、その、お、俺が聞いたんだけどさ、でも、まさかそんな風に言ってもらえるなんて思ってなかったから、その嬉しいんだけど、なんていうか、え、えっと……」
意味不明な手振りを加えながら、夏保はしどろもどろに言葉を紡ぐ。
やっぱり夏保は夏保だ。
どこまでいっても純粋なまま。
「夏保、そんなに赤くならなくても」
夏保は片手で自分の口元を覆うと、あたしから顔をそらした。

「ごめん、俺かっこ悪いよな。ちょっとだけ見ないで」
本当は照れてるかわいい夏保を見ていたかったんだけど、かわいそうだから言う通りにしてあげる。
後ろを向いたあたしは、背中に夏保を感じながら素直な気持ちを口にした。
「夏保は全然かっこ悪くなんかないよ。いつでも一直線で自分に正直ですごく素敵な人。すぐに赤くなってもドジでも、全部ひっくるめてあたしの大好きな人だもん」
突然、ぎゅっと後ろから体を抱き締められた。
すぐに状況が理解出来ずに「へ？」と思っていると。
「俺、里ちゃんが大好き。里ちゃんが幸せになれるなら、里ちゃんが選んだ相手が誰でもいいやって思ってたけど、そんなのただの理想論だって気付いた。毎日毎日、きのうよりも、どんどん里ちゃんの事が好きになってく。他の誰にもまかせられないよ。里ちゃんは俺が笑わせる。絶対、誰にも渡したくない。だから里ちゃん、ずっと俺の隣にいてくれる？」
これが今の夏保の気持ちの精一杯の表し方なんだってわかった。
声が、腕が、少し震えていたから。
勇気を出して今あたしを抱き締めてくれているんだ。
あたしは肩を包む腕を抱き締めて。
「あたしで、よければ」
今度こそ逃げずに、ちゃんと夏保の気持ちを受け止めた。

第8歩

単純で簡単な関係

忍と丈は改めてちゃんと謝ってくれて、また前と同じ関係に戻る事が出来た。
あたしのせいで散々周りを引っかき回してしまったけど、やっと気持ちの通じ合う事が出来た夏保との関係をみんなが祝福してくれた。
「里ちゃん、一緒に帰ろう」
大々的に付き合う事になったあたし達は、誰にもはばからずに学校ではほとんど一緒に行動している。
もっと夏保と一緒にいたくて、帰る方向が一緒ならいいのになって思う。
それを言ったら夏保の事だから「里ちゃんの家まで送るよ！」とか言いだしそうなのでこっそり思うだけにしとくけど。
校門までの短い道のり、少しでも夏保と一緒にいたいから、出来るだけゆっくりと歩く。
距離を縮めたくて隣を歩く夏保に気持ち近付いたら、ちょんって手の先が当たった。
それだけの事なのに。
「わぁ！　ごごごごゴメん……！　わざとじゃないよ!?
まじで！」

夏保は大きくしりぞいて声を上ずらせた。
「いや、手の先当たっただけだからね……」
「そ、そう。里ちゃんがいいならいいんだ」
夏保はあたしがせっかく縮めた距離を、人の気も知らずに同じだけ離れていく。
あたしは内心溜息を吐いた。
これは別に今に始まった事じゃない。
夏保と付き合うようになってから、夏保が本当に奥手なんだという事がよくわかった。
服の上からちょっと体が触れただけで顔を赤くするから、大した事でもないのにこっちまでつられて恥ずかしくなってしまう。
ほんとにこの人、違う時代からタイムスリップしてきたんじゃないだろうか。
いや、むしろ違う星から来たのかも……。
今になってわかるんだけど、あたし達の気持ちが通じ合ったあの日、後ろから抱き締めてくれた夏保の行動は、実はものすごく勇気を振り絞ってくれたものだったんだな。
「ねえ、夏保。ちょっとだけ寄り道していかない？　もう少し、夏保と一緒にいたいんだ」
「は、はい！」
「なんで急に緊張してるの……」
つっこみながら夏保の顔を覗き込むと真っ赤になっていた。
夏保といると楽しい。

一緒に話したり、一緒の空間にいられるだけで充分幸せだ。
その気持ちに嘘はない。
だけど。
少しは欲が出てしまう。
不安なんだ。
あたし達の距離は、あの後ろから抱き締められた時がピークなんじゃないかって、夏保の異常な純情ぶりを見ていると思ってしまう。
もっと夏保に近付きたいよ。
離れ方がわからなくなるくらい、近付いていたい。
今まで胸の奥でせき止められていた想いが、決壊したように溢れてきて自分でもどうにも出来なかった。
だけど、距離を縮めるための行動を夏保に求めるのは酷な気がした。
何せこの免疫のなさだもん。
この距離は、あたしから行かなきゃ縮まらないんだ。
あたしは夏保の横顔を気にしながら、勇気を振り絞って言ってみた。
「あのさ、あの……」
大した事を言おうとしてるんじゃないのに、相手が夏保というだけで緊張してしまう。
近付きたいと願うあまり、夏保の恥ずかしがり屋なところが移ってしまったのかもしれない。
だけど、自分から越えなくちゃ夏保の近くには行けないんだ。
緊張で口を引き結ぶあたしを、小首を傾げて夏保が見つめてくる。
あたしはスッと夏保の前に自分の手を差し出した。
「手、つながない……？」
夏保はきっとあたしの事を大事に思ってくれていて、それで壊れ物のように大切に扱ってくれようとしているんだろうけど、そんな風にされたら、気持ちだけが溢れてしまうよ。
心も体も、もっと夏保と一緒に近くにいたいんだもん。
「うん、つなごうか」
想像と違って、夏保の声はとても落ち着いているように聞こえた。
でも、見上げた夏保の横顔は耳まで真っ赤だった。
夏保の手は汗ばんでいて、すごく緊張してるんだって事が伝わってくる。
でもあったかい。
夏保の温度。
ずっとずっと感じていたい。
「夏保の手、あったかい」
そう呟くと、夏保は前に視線を投げたままで。
「いつでも、つないでくれていい。この手は里ちゃんのものだから」
――ああ、それ殺し文句。

奥手のくせに、こういうセリフを素で言えるのって……天然？
ドキドキが指の先から伝わってしまうんじゃないかってくらい胸の内側がうるさい。
こんな風に胸がときめく事、もう自分には訪れないと思ってた。
義兄さんの事が好きだった時はまだ未熟で、純粋に自分の心と向き合う余裕なんてなかったけど、今は夏保の事が好きな自分をちゃんと確かめられる。
本当に人を想う時って、人間ってどこまでも単純で簡単で純真なんだって夏保に教えられた。
これから先も、夏保とはそんな関係でいたい。

待ち遠しい明日

夏保と一緒に向かった場所は喫茶店アンジーだった。
この場所なら学校から徒歩で来れるし、それに他にお客さんがいないから二人だけの時間を楽しめる。
お店に入るとカウンターでコーヒーを飲みながら新聞を読んでいた安次郎さんが嫌そうな顔をした。
「うちはバカップルはお断りですよ」
しっしっと手を振る安次郎さんに構わず、夏保は奥の二人がけの席に腰かける。
あたしも夏保にならって、向かい側に腰を下ろした。
「安次郎さん、あたし達の事知ってるの？」
「うん。俺が言った」
夏保ってあんまりそういう事、人に話すイメージじゃなかったけど。
安次郎さんとはよっぽど仲がいいのかな。
夏保はあたしの頭の中を読み取ったかのように、わずかに苦笑した。
「アンちゃんには色々とお世話になってるから、進展があったら言うって約束だったんだ」
そういえば安次郎さんって最初に会った時からあたしの事を知っていたっけ。

そこまで考えて前と同じ疑問が頭に浮かぶ。
夏保はどうして、安次郎さんにあたしの事を話したのかな。
いつからあたしの事を安次郎さんに伝えていたんだろう。
「ねえ、夏保。最初に会った時、あたしにハンカチ返してくれたよね？　あれってどこで貸したんだっけ？」
運ばれてきたミルクティーを安次郎さんから受け取ろうとしていた夏保はあたしの問いに一瞬動きを止めて、そして手を滑らせた。
派手に零れたミルクティーはテーブル一面に広がって端から垂れ落ちる。
「なんだよ、なつぽん。まだ不運街道まっしぐら中だったの？」
おちゃらけて安次郎さんはカウンターの奥からタオルを持ってきた。
「ご、ごめんね。あたしが変なタイミングで質問したりしたから」
テーブルの上をタオルで拭きながら、あたしは夏保に謝る。
「いやいや、里ちゃんのせいじゃないでしょ。昔からなつぽんは飲み物を零す力を持ってるんだよ」
安次郎さんはからかうつもりで言ったんだろうけど、今までの夏保を見ていると本当にそんな力があると信じてしまいそうだ。
「ところでさぁ、里ちゃん」
ミルクティーをたっぷり吸ったタオルを受け取った安次郎

さんは、テーブルの端にアゴを乗せてあたしの顔をじっと見つめた。
「なつぽんの事どのくらい好き？」
いきなりな質問に、あたしは口に含んでいたレモネードを噴き出しそうになった。
「え、な、なんで」
しどろもどろになって返すと、安次郎さんは「ごまかさないで」と意地悪く笑った。
突飛な質問に焦ったけど、ごまかすつもりはない。
あたしはもう、夏保への気持ちはごまかさない、逃げないって決めたんだから。
「どのくらいかって言われると難しいんですけど……ずっと一緒にいたくて、もっと近付きたくて、これから先も絶対に離れたくないくらい、大好きです」
頬が熱くなるのを我慢して正直な気持ちを口にすると、安次郎さんはうひゃひゃと笑って、真っ赤な顔でうつむいている夏保の背中をばんばんと叩いた。
「鼻血は出すなよ、なつぽん」
「……出さないよ！」
そういえば、さっきのあたしの質問ってなかった事になったんだろうか。
前もそうだったけど、夏保はあたしと出会った時の事、あんまり聞いてほしくないみたいだ。
気になるけど、夏保が話したくないなら聞くのはやめよう。

夏保だってそうやってあたしの事を守ってくれたんだもん。
本当に気になったらまた聞いてしまうかもしれないけど、今は聞かない。
「いいなあ、恋人。俺も欲しいなあ。里ちゃん、なつぽんやめて俺にしない？」
誰が聞いても真面目に言っていないだろうとわかる安次郎さんの言葉に、夏保はムッとした顔で安次郎さんを睨みつける。
「里ちゃんは誰にも渡さないから。アンちゃんでも無理だからな」
「おいおい、何、本気モードになってんの。これだからバカップルは苦手なんだよ〜」
安次郎さんは「サービス」と言って、一つのグラスにストローが二本ささったリンゴジュースを置くと、カウンターの奥へと引っ込んでいった。
そのグラスを見つめて、あたし達はまごまごした。
こんな物用意するなんて、安次郎さん絶対あたし達をからかって楽しんでるよね……。
どうしよう。飲むべき？
ちらりと夏保に視線をやると、グラスを凝視したままトマトみたいに赤くなってた。
夏保は絶対に自分から飲もうって言わないだろうな。
だって夏保だもん。
「の、飲もうか……」

自分から言おうかと迷っていると、予想に反して夏保から驚きの発言。
小さい声だったけど、その勇気はあたしの耳に、心に、しっかりと届いた。
「うん……」
夏保といると、自分まで別の時代からやってきた人間なんじゃないかって思うほど純粋になってしまう。
二人でストローに口を付けて、ふと視線を上げると、夏保と目が合った。
お互いにはにかんで、一口ジュースを含むと、そそくさとグラスから顔を離す。
これだけの事で、なんでこんなに恥ずかしくて、こんなにときめいちゃうんだろう。
ああ、もう。完璧重症。
夏保と経験するすべての事に、たまらなくドキドキしてしまう。
「うまいね」
頬をリンゴみたいに赤くして、ふわりと笑った夏保の顔に思わず見とれる。
「里ちゃん？」
ボーッとしていたあたしを心配そうに見つめる夏保に慌てて答えを返した。
「ご、ごめん。夏保の笑顔いいなあって思って…………あ、あたし何言ってんだろう……！」

考えなしに正直に頭の中身を暴露してしまい、急に恥ずかしくなって取り乱すあたし。
夏保はクスッと笑いを零して。
「じゃあ俺、ずっと笑ってよう」
そんな事を言うから、あたしの顔の温度は急上昇。
本当に夏保って、人の気も知らないで殺し文句ばっかり連発してくる。
二人でもじもじしながら、リンゴジュースを飲んでいると。
「あのぉ、二人の世界になってるとこ悪いんですけどー、なんか俺気分悪くなってきたんで、そろそろ閉店したいんですよぉ」
苦虫を噛みつぶしたような顔をして、カウンター越しに安次郎さんがやじを飛ばしてくる。
安次郎さんの存在を完全に忘れてたよ。
確かにお互いの事しか目に入ってない今のあたし達って、他の人から見たら迷惑以外の何物でもないのかもしれない。
ちょっと恥ずかしくなりながら、あたし達は席を立った。
「また来ようね、夏保」
「うん」
「もう来んな、頼むから」
三人で漫才のような会話をしてから、安次郎さんに頭を下げてお店を出る。
「じゃあ、またね里ちゃん」
手を振る夏保にあたしも笑顔で返して、それぞれの帰途についた。
夏保と別れた途端、もう夏保の顔が見たくなるなんて、どうしちゃったんだあたし。
自分でもわからなくなるくらい、夏保の事が好きみたい。
それって喜ばしい事なんだろうけど、自分で自分がわからないって少し不安に感じる時もある。
そんな不安も、夏保の笑顔を見た途端に吹っ飛んじゃうんだけどさ。
早く明日にならないかな。
そうしたらまた夏保に会えるのに。

幸せのクローバー

「……出来た！」
あたしは手にした四葉のクローバーを自室のライトに照らして、その出来栄えに満足した。
黄緑のビーズで作ったクローバーは光を反射してキラキラと輝く。
葉と茎を合わせて大人の小指くらいの大きさのそれは、得意なビーズ細工を駆使して、あたしがこの二日間で作り上げた物だった。
目的はもちろん夏保にプレゼントするためだ。
「喜んでくれるかなあ」
夏保の喜ぶ顔を想像して、クッションを抱き締めながら部屋で一人わきゃわきゃしてるあたしは、傍から見たらただの変人だろう。
でも恋する乙女の実態なんてこんなもんだと思う。

「夏保、これあげる」
５組の教室であたしの手作りお弁当を食べ終えた夏保に、タイミングを見計らってビーズのクローバーを差し出す。
夏保はきょとんとした顔でそれを受け取り、何も言わずにまじまじと見つめた。

む。この反応は。
あんまり嬉しくないのかな。
落ち着いて考えてみると、高校生の男子がビーズ細工なんてもらっても困るだけだよね。
「これ、里ちゃんが作ってくれたの？」
しょんぼりと落ち込んでいたあたしに、夏保はビーズ細工を見つめたまま聞いてくる。
「うん。それで少しでも夏保の運が上がればいいなあと思って……」
うつむいた顔を少し上げてチラッと横目で夏保を見やると、夏保は頬を上気させてぎゅっとクローバーを握り締めた。
「すごく嬉しい……宝物にする」
本当に幸せそうに夏保が笑ってくれたから、つられてあたしまで最高に満たされた気持ちになった。
「里ちゃんにもあげたい物があるんだけど」
急に真剣な顔になった夏保が、あたしの目をじっと見つめてくる。
「何をくれるの？」
「目、つぶって」
あたしは小首を傾げながら、言われた通り両目を閉じた。
少しの間を置いて、右手に夏保の手の感触があった。
「目、開けていいよ」
うっすらと目を開けて自分の右手に視線を落とすと、中指に古い指輪がはまっていた。

これって、前に夏保が自分の小指にはめていた指輪だ。
「これ……家宝なんじゃないの？　大事な物なんでしょ？」
「大事だから、里ちゃんにもらってほしい」
頬を赤く染める夏保は、恥ずかしそうにぽりぽりと頭をかいて視線をあちこちに飛ばしている。
「なんか、ただの手作りと家宝じゃ、釣り合わない気がするんだけど」
「絶対俺の方が嬉しいと思う」
珍しく強気で夏保が言う。
負けじとあたしも言い返した。
「あたしの方が嬉しいもん」
「俺です～」
「あたしだよー！」
そんなあたし達を冷めた目で見ていた忍と丈は「ごめん、殺意が」とか言ってた。
聞かなかった事にしよう。
幸せすぎて、今はよそ見出来ない。
夏保にもらった指輪をはめた中指が、少しくすぐったくて、照れくさくて、温かかった。
これからもこうやって、お互いの宝物を増やしていきたいな。

過去の傷

休日は夏保と近場でデートするのがお決まりになっていて、その日も夏保と映画を見に行った帰り、二人でどこかのカフェにでも寄っていこうかと話している時。
あたしは見てはいけないものを見てしまった。
人ごみの中を腕を組んで歩いている一組の男女。
その片方が竜二義兄さんだったんだ。
女の人の方は見た事がない。
「里ちゃん、どうしたの？」
あたしの異変に気付いて夏保が心配そうに声をかけてくる。
あたしは夏保に手短に事情を説明した。
平静を装ってみたけれど、内心は取り乱していて全身から変な汗が滲み出てくる。
「大丈夫？」
今は感情に流されている場合じゃない。
夏保の言葉に頷き返してあたしは言った。
「あとをつけよう」
一定の距離を取って、人ごみや建物の陰に隠れるようにして、気付かれないように義兄さんのあとをつける。
次第に周りの景色が変わってきて、義兄さん達が辿り着いたのは歓楽街だった。

まさかとは思ったけど、義兄さんは見知らぬ女性を伴ってラブホに入っていった。
あまりの衝撃にあたしはしばらくその場を動けなかった。
あんなに仲がいいと思っていたお姉ちゃんと義兄さん。
まさか浮気なんて、あの二人の間に限って絶対にないと思っていた。
胸が苦しくなる。
自分が捨てられた時の事が思い出されて、息が苦しくなった。
お姉ちゃんには同じ思いをしてほしくない。
「こういうのは、黙ってない方がいいと思う。お義兄さん本人に聞いてみよう」
「うん」
夏保に言われて、とりあえず今はこの場を離れようという事になった。
見るからに高校生の二人が、いつまでも歓楽街をうろついていたんじゃ別の問題になりかねない。

家に帰ったあたしは、その日の夜お姉ちゃん宅へ電話をかけた。
義兄さんに話したい事があるから、と電話を代わってもらい、声をひそめて何度も頭の中でシミュレーションした言葉を口にする。
『里ちゃん、用事って何かな？』

いつも通りの優しい声。
だけどこの人はその仮面で、今までに何人もの女の人を騙してきたのかもしれない。
「今日の昼、見ました。知らない女の人と一緒にいるところ」
耳に押し付けた電話越しには、義兄さんの様子は何も感じる事が出来なかった。
無言のままの通話口にさらに言葉を投げかける。
「話があるんで、あしたの昼の11時、駅前のマリーってカフェに来てください」
返事を聞かずに、あたしは電話を切った。
すっぽかされる事はまずないだろう。
義兄さんにとっても、これは簡単に流せる話じゃないはず。

「夏保？　あした義兄さんと話してくる」
部屋に戻ったあたしは、義兄さんに話を通した事を夏保に伝えた。
『俺も行く』
「え？」
『里ちゃん一人じゃ心配だし』
「でも、夏保を巻き込む訳には……」
『そんな他人行儀な事言ってほしくないな。里ちゃんにとって大きな問題なら、俺にとっても同じくらい重要な問題なんだから』

夏保の力強い言葉に、素直に頷くしかなかった。
正直、一人で行くのは怖いって思いがあったんだ。
義兄さんは今でもあたしの過去の傷だから、その傷に一人で立ち向かうのをどこかで恐れてる自分がいた。
夏保はそんなあたしの弱さを見抜いたんだと思う。
夏保にはなんでも見透かされてしまう。
だけどいつでもなんでも、夏保が見ていてくれるという安心感は、あたしの心に強さを与えてくれた。
絶対に、お姉ちゃんを泣かせたりしない。

第9歩

揺るぎない言葉

カフェ、マリーの一番壁際のボックス席に夏保と隣り合って座る。
店内は込み入った話をするには丁度いい空き具合だ。
ドアベルの音に視線をやると義兄さんが店内に入ってきて、あたしの姿を見付けてにっこり微笑みかけてきた。
義兄さんは11時ぴったりにやってきて、あたし達の向かい側に腰を下ろす。
他のお客さんがまた入ってきたみたいで、ドアベルの音が聞こえたけど、あたしの主な注意は義兄さんに向けられたままだ。
射貫くようなあたしの視線を笑顔でかわして、義兄さんは水を運んできた店員にアイスコーヒーを注文した。
夏保の存在が気になったらしく、義兄さんは目であたしに説明を求めてきた。
「彼は……」
「里ちゃんの彼氏です」
あたしの小さな声を遮るように、夏保が堂々と義兄さんの疑問に答えた。
「ああ、そうなんだ」
義兄さんはさっきから笑みを浮かべたままだ。

でもその笑顔はどこか薄ら寒いというか、偽物のような色がある。
気付かなかっただけで、義兄さんっていつもこんな笑い方だったかもしれない。
綺麗な顔に貼り付いた作り物の笑顔を見据えて、あたしは口を開いた。
「単刀直入に聞きます。義兄さん、浮気してるでしょう？」
こっちには証拠が何もない。
知らないと白を切られればそれまでだ。
だけど義兄さんは。
「うん」
いけしゃあしゃあと、あっさり認めた。
「浮気なんて男の性《さが》みたいなもんでしょ。そんなに目くじら立てるような事かな」
まったく悪びれない義兄さんの態度に、腹の底からふつふつと煮えたぎる思いが込み上げてきて、あたしはバンッとテーブルを叩いて立ち上がった。
「あなたはそうやって、平然と何人の女の人を傷付けるつもり？　あたしだけならいいけど、お姉ちゃんまで傷付けたら絶対に許さない」
怒りを露《あらわ》にしたあたしを、笑うのを我慢するみたいな顔で義兄さんは見つめる。
「里ちゃんに何が出来るの？　せいぜい誰かの仲を取り持つのに役立つくらいしか出来ないんじゃない？」

心ないその言葉が胸に突き刺さる。
ぎりっと奥歯を噛み締めた瞬間。
ぱしゃっと水音がして、驚いた表情の義兄さんの顔から水が滴った。
「言葉に気を付けろよ」
すぐに状況が理解出来ずに、声を辿って視線を夏保の方へ向けると、その手には空になったグラスが握られていた。
夏保の顔には静かな怒りが渦巻いて、厳しい視線で義兄さんを見据えている。
そして。
「竜二さん、どういう事かしら？」
義兄さんの背中側から顔を出したのは、にっこり微笑むお姉ちゃんだった。
なんて偶然だろう。
お姉ちゃんもこの店に来てたんだ。
これにはさすがに義兄さんも笑みを消して、焦りの表情を見せる。
咄嗟《とっさ》に義兄さんが言い訳をしようと口を開きかけた瞬間、お姉ちゃんは笑みを貼り付けたままで義兄さんの胸倉を掴み上げた。
「たまたま友達とお茶を飲んでたら、面白い話が聞こえてきたから聞かせてもらったわ」
「いや、これは……がっ」
義兄さんが喋っている途中で、お姉ちゃんは義兄さんの頭をテーブルの角に叩き付ける。
ゴッ、と鈍い音に、あたしと夏保は顔を引きつらせた。
「お前なんてな、顔しか取り柄がないんだよ。顔面潰されたくなかったら土下座して謝れや」
変わらぬ笑顔のまま、お姉ちゃんは大人しくなった義兄さんの耳元で囁《ささや》いた。
多分、今あたし顔面蒼白《そうはく》だと思う。
いつもおしとやかだったお姉ちゃんの変貌ぶりに驚いているのは義兄さんも同じらしく、言われた通り床に這《は》いつくばって頭を下げている。
お姉ちゃんがこんな顔を持っていたなんて、ずっと小さい頃から一緒だったあたしですら知らなかった。
あたしの周りって二重人格ばっかりなんだろうか……。
「私をなめてるのかしら？　そんな謝り方で許してもらえるとでも？」
お姉ちゃんは地面にこすりつけられた義兄さんの頭を靴でぐりぐりと踏みつける。
容赦ないな……。
義兄さんはお姉ちゃんの豹変《ひょうへん》ぶりにもう完全に怯えてしまって、土下座して謝りながらガタガタ震えるだけだ。
——あたしは確信した。
この二人は、これからうまくやっていけると思う。
お姉ちゃんが鬼嫁にクラスチェンジしたおかげで。
義兄さんの前髪をわし掴みにして笑うお姉ちゃんは、なんだか小さい頃絵本で見た山姥《やまんば》に通ずる怖さがあった。
「里ちゃん、なんだか知らない間に里ちゃんを傷付けていたのね、私。本当にごめんね」
申し訳なさそうに謝るお姉ちゃんに、あたしは首を横に振った。
「お姉ちゃんは悪くないよ、あたしが勝手に腐ってただけ。そ、それより義兄さんが死ぬかも……」
あたしの言葉の後半は完全に無視して、お姉ちゃんは夏保ににっこりと微笑んだ。
「彼氏君、里ちゃんの事よろしくね。もし泣かせたらお姉さんちょっと出しゃばっちゃうから」
なんて答えるんだろう、と気になって夏保に視線を向けると、夏保はきりっと表情を直して。
「大丈夫です、里ちゃんを笑わせる自信ありますから」
はっきりと胸を張って言い切った。
その姿に胸がきゅんとなる。
なんだか、ようやく過去を吹っ切れた気がする。
気持ちが晴れやかだった。
むしろ義兄さんがかわいそうにすら思える余裕まで生まれてきた。

「せっかくの休日をこんな生ゴミのために潰したら駄目よ」
というお姉ちゃんの優しい（？）言葉により、あたしと夏保はカフェを出る事になった。

行く当てもなくぶらぶらと街を散策しながら、あたしは夏保に一緒に付いてきてくれたお礼を言う。
「でも、さっきの夏保かっこよかったなぁ……」
義兄さんに水をかけた時と、お姉ちゃんにきっぱりと返事をした時の夏保の姿が頭の中に浮かぶ。
「へ？　え、あ……そ、そうかな……」
照れて視線を色んな方向に飛ばして焦る夏保をクスリと笑って。
「……あたしね、夏保を見てて思ったんだ。ああ、人間って正直でいいんだーって。今まであたし、気持ちの出し惜しみしてた。今だから思うんだけど、義兄さんと付き合ってる時、一度だって本気でぶつかった事なんてないんじゃないかって。捨てられた時も、本当は泣いて怒って、そうやって真剣に全力で体当たりして終わらせる事も出来たのに、こんなもんかって自分の感情殺して、言いたい事も言えないまま状況に流されて、気持ちとか未練を残したまま中途半端に引きずり続けてたんだ。結局、相手の事を好きなつもりでいただけ。自分が一番好きだったのは、自分だったんだよ。自分がかわいくて、傷付きたくなくて、正直になる事から遠ざかってた。でもね、夏保は違うの。夏保といると素直になれて、自分が笑うよりも夏保に笑っていてほしいって、純粋にそれだけを思える。ねえ夏保、大切な気持ち、教えてくれてありがとう」
少し照れくさかったけど、自分の気持ちを正直に伝えてみた。
「どういたしまして。でも、絶対俺がもらった大事なものの方が多いけど」
夏保がそんな事を言うから。
「あたしの方が多い、絶対多い！」
あたしもついむきになって言い返す。
二人で同時にぷっと噴き出して、また忍達にからかわれちゃうねと笑い合った。
マリーを出た後、あたしと夏保は手近なカフェに入り直してお昼を兼ねて軽食をとった。
窓際の席で道行く人を眺めながら、夏保とのんびり過ごすこういう時間が好き。
本当に幸せって思う。
アイスティーを一口飲もうとしてストローに口を付けた時、夏保がじっとあたしを見ている事に気付く。
「どうしたの？」
「いや。幸せだなって思ってさ」
「何、急に」
笑ったあたしに夏保は目を細めて返す。
「俺さ、本当は怖かったんだ」
夏保は窓の外に視線を投げてぽつりと言葉を零した。
「一歩近付くごとに里ちゃんが遠ざかって、俺の事避けてるのあからさまだったし、後を追うたびに勇気を削られた。だけど諦めきれなかった。里ちゃんのつまらなそうな顔や、意地を張った子供みたいな顔見たら、また背中を押されたよ。だって、俺なら里ちゃんをもっといい顔にしてあげられる自信があったから。里ちゃんの隣さえ確保出来れば、その自信は不動だった。そんで、やっぱり諦めなくてよかった」
あたし、いっぱい夏保の事傷付けたよね。
今、隣でこんな風に笑ってくれている夏保だけど、この幸せはもしかしたら遠くへ行っていたかもしれない幸せなんだ。
夏保が諦めないでいてくれたおかげで、今あたしは笑っていられる。
「前にも聞いたけど、やっぱり気になるから聞いちゃう。どうしてそこまであたしの事想ってくれるの？」
「前にも言ったけど、秘密ー」
またしてもはぐらかす夏保。
「教えてくれないと嫌いになるよ」
「いいよ。また好きって言ってもらえるように努力するだけだから」
なんでそんなに自信満々なの。
でも本当にそれをやってしまうのが夏保なんだ。
「いつか話してくれる？」
「話してあげるよ、絶対」
夏保の“絶対”は、揺るぎないのを知っているから。
あたしは安心して心を預けられる。

見た事のない顔

「で、あんた達どこまでいったの？」
「え？　どこまでって、一番遠いところで隣町の映画館」
「かまととぶってんの？　ぶつよ？」
拳を握り締めた忍をなだめて、丈が代わりに口を挟んでくる。
「どこまでって言ったら決まってんだろ。キスしたのかとか、そういう意味だ」
途端に顔に熱が集まってくる。
「そ、そんな事、まだに決まってるじゃん……！」
「キスもしてないの!?」
大声を上げた忍の口を慌てて塞いで、あたしは席に座り直す。
そう。
あたし達の関係はまだ手をつなぐだけだ。
夏保からもあたしからも、その距離を縮めようという動きは今のところ、ない。
「まあ、相手が夏保じゃしょうがないか。里、自分から行くしかないね。うかうかしてると飽きられちゃうよ」
夏保に限ってそんな事はないと言い切れるけど、そういうの抜きにしてもそろそろ次のステップへ行ってもいいんじゃないかって思いはあたしにもあった。
やっぱり、好きな人にもっと近付きたいと願うのは自然な事で。
心が近付いたなら、同じだけ体だって近付きたい。
だけどその一歩を、あの純情な夏保に求めるのはかわいそうな気がする。
夏保はもう充分にあたしのために動いてくれたんだから、今度はあたしが二人のために動く番だろう。
で、でも。
キスしたいとか、そういうの女から言っても嫌がられないだろうか。
いやらしい女だって嫌われたり、しないかな……。
色んな思いが渦巻いて、頭を抱えて悶々《もんもん》としてしまう。
だけど、自分から気持ちを出すって決めたんだから。
夏保はもう充分に気持ちを出し切ってくれた。
迷ってないで、行動に移そう。
夏保がそうしてくれたみたいに。

「夏保？　聞いてる？」
「……あ、ごめん。なんだっけ？」
今日、夏保の家に遊びに行ってもいい？
校門までの道を一緒に歩きながら、勇気を振り絞ってやっとの思いでそう言ったのに、夏保は聞いてなかったみたいだ。

「ん。なんでもない」
もう一度言う気にはなれなくて、あたしは口をつぐんだ。
なんだか夏保の様子がおかしい。
一日中ボーッとしてるし、あたしが話しかけても聞いていない事や聞き流す事が多い。
一言で言うと“抜け殻”そんな感じだ。
何か心配事でもあるんだろうか。
「夏保、何かあった？」
夏保は視線を地面に落として、少し迷った後に沈んだ声で喋る。
その姿がなぜか泣いているように見えた。
それくらい弱々しい声と表情だった。
「コヤナギさんの元気がないんだ。餌もあんまり食べてくれなくて、痩せてきちゃって。病院に連れていったら老衰だから仕方ないって言われたんだけど。言われたけど……」
そこで夏保の言葉が詰まる。
夏保の心の痛みが、あたしの胸にまで届く。
老衰って、そんな言葉で、はいそうですかって納得出来るような浅い関係じゃないんだ、二人は。
夏保にとっては世界中探したって代わりが見付からないくらい、大切な家族で、かけがえのない大親友なんだから。
あたしはなんとか夏保に元気を出してもらいたくて自分なりに努力した。

夏保の好きなおかずを詰め込んだ特製のお弁当を作ったり、コヤナギさんにビーズで鶴のお守りを作ったり。
でも何をしても夏保は、ありがとうって寂しげに微笑むだけ。
ただ沈んだ夏保の横顔を見ている事しか出来ない自分に嫌気が差す。
あたしが落ち込んでいる時、夏保はいっぱい元気を分けてくれたのに、こんな時に分けてあげられる元気があたしにはない。
自分の不甲斐《ふがい》なさが心底嫌になる。
あたしの行動は完全に空回り。
だとしても夏保を放っておける訳もなくて、毎日空元気で夏保に話しかけた。
でもその日。
夏保の口から力なく吐き出された言葉は、あたしの前に越えられない壁を作った。
「コヤナギさん、死んじゃった……」
魂が抜け落ちたような声で、一言だけ紡がれたその言葉。
コヤナギさんは、あたしにとっても夏保が紹介してくれた大事な友達だった。
その悲しい知らせに、正直あたし自身もショックを受けた。
だけどそれ以上に、夏保の負った傷は深い。
いつも底抜けに明るい夏保が、こんな風になるなんて。
いつでもどんな時でも、前向きで笑顔を絶やさない夏保しか知らないから、ここまで元気を失った夏保にどんな声をかけたらいいのかわからなかった。
情けない。
あたしは夏保の事が少しもわからない。
その姿を見ているのがつらかった。だけど、自信がないんだ。
あたしじゃ、夏保を元気にしてあげられないよ。
かける言葉も見つからず、どんな顔をすればいいのかもわからず、夏保にあげられるものを何も持っていない。

放課後のいつもの道。
無言で隣を歩いて、校門で夏保と別れた。
遠くなっていく夏保の沈んだ背中を見て不安になる。
そのまま消えてしまいそうなくらい、儚《はかな》かったから。
夏保の背中に追いすがる事も出来なくて、とぼとぼと歩くあたしの足が向かった先は、気が付けば喫茶店アンジーの前だった。
あたし、なんでここへ来ちゃったんだろう。
帰ろうとドアに背中を向けたけれど、少し迷ってあたしは店内に入る事にした。
落ち着いて何かを考えたい時、夏保もよくここへ来るって言ってた。
中に入れば、何か答えが見つかるかもしれない。
そんな風に思ったんだ。

「お、里ちゃん。一人？」
あたしの姿を確認して、カウンターでダレていた安次郎さんは笑顔を見せる。
「珍しいな。なんかあったの？」
あたしはカウンターの席に腰かけて、一つ溜息を落とした。
そして今抱えている問題を安次郎さんに聞いてもらう事にした。
夏保が大切な親友を失って大きく落ち込んでいる事。
夏保を元気にしてあげたいけれど、あたしの力じゃ全然及ばない事。
傍にいたいのに、今の夏保にどうやって歩み寄ったらいいのかわからなくて、近付く事を諦めてしまいそうだって。
自分の中に溜め込んでいた思いをすべて安次郎さんに話した。
「んー……ちょっと待ってね」
一通りあたしの悩みを聞いた安次郎さんは、カウンターの奥の小部屋へと入っていって、しばらくすると手に分厚い本のような物を持って出てきた。
えんじ色の表紙のそれを目の前に置かれて、初めてアルバムである事に気付く。
安次郎さんはページをめくって、学ランとセーラー服姿の中学生達が写っている集合写真をあたしに見せた。
「この中で、誰がなつぽんかわかる？」
言われて改めてじっくり見てみたけれど、卒業写真らしきその中にパッと見、夏保の姿は見当たらなかった。
でも、隅の方に写っている一人の男の子がなぜか気になって、目を凝らしてよく見てみる。
撫でつけた髪形に分厚い眼鏡。
一言でいえば冴えないその男子にピンと来るものがあった。
「もしかして……これ、夏保ですか？」
気になる男子を指差してあたしが言うと、安次郎さんは一瞬驚いた顔をした後、大らかに笑った。
「よくわかったなあ」
安次郎さんはあたしの前に、何も注文していないのにアイスミルクティーのグラスを置く。
「別人でしょ、なつぽん」
「はい、驚きました」
「飲んで、サービス」とあたしにアイスミルクティーを勧めながら、安次郎さんは自分も椅子に腰かけてカウンターに頬杖をついた。
「なつぽんにさ、絶対言うなよって言われてんだけど、特別に話してあげるよ」
あたしはアイスミルクティーを一口飲んで、安次郎さんの話に耳を傾けた。

ヒーローとヒロイン

「友達と呼べる存在はインコ一匹。毎日勉強しかやる事がないような冴えない中学生時代がなつぽんの過去だよ。よくこの店に来て勉強したりしてたけど、なつぽんは本当に頭がいい以外に取り柄のないダサ男だった。何度か『イメージ変えてみたら？』って言った事もあったけど、『なんのために？』『お前変わればモテると思うよ、元は悪くないんだし』『モテてどうすんの？』って、そんな感じで本人は一向に変わる気がなかったんだよね。もったいないなあと思いつつも、やる気のない人間を変える事はさすがに俺にも出来ない。そんななつぽんが泉野高校の入試があった日に、突然俺の店に飛び込んできて真剣な顔で言うんだよ。『変わりたい』って。今までのなつぽんからは考えられない言葉にびっくりしてね。何があったのか理由を聞いたら、その日の事を話してくれた」
あたしは黙って安次郎さんの話に聞き入る。
「入試の朝、校門を通ったところで二人組の男子がぶつかってきたらしいんだよ。なつぽんはよろけて尻もちをついて、その時手のひらをすりむいたんだって。ところがぶつかってきた二人組は謝るどころか『どこ見てんだよ、眼鏡の度、合ってないんじゃねえの？』と悪態をついた。事を荒立てないように、悪くもないのに謝ろうとなつぽんが口を開こうと思った時、その二人の背中にドロップキックをかました人がいた。男子達はその不意打ちによろけて地面に突っ伏したらしい。そこには眼鏡をかけた一人の女の子が立っていて、文句を言おうとした男子達を遮ってこう言ったんだってさ。『すみませぇん、眼鏡の度が合ってないんですぅ』って。笑えるだろ、すごい子だよな。男子達が何も言えずにその場を去った後、その女の子はなつぽんの手を見て、すりむいた部分にハンカチを巻いてくれたらしい。なつぽんは何も言えなくて、その場を去ろうとした女の子に、やっと『あ、これ』とハンカチの手を差し出した。すると女の子は笑って。『二人とも受かったら、あたしのクラスまで返しに来てください』そう言って、去っていったんだって。『かっこいいと思った。今まで冷めていた胸の奥から、熱が込み上げてくるみたいだった。今まで誰にも見向きもされず、どうせやったって無駄だと、勉強以外はやったって何も返ってこないと、変わる事さえ自分で諦めて、人から距離を置いて常に一人を気取っていたけど、それは弱い自分を守るための壁だった。だけど、あんな風に人に手を差し伸べられたら。あんな風にきらきらした笑顔が出来るなら。変わりたい。そう思った』ってさ。あんな風になつぽんが力強く話をするとこ見るの、俺も初めてだったから驚いたよ。俺が手を加えるまでもなく、あの時点ですでになつぽんは生まれ変わってた」

ボーッと夏保の昔話を聞いていたあたしのおでこをツンとつついて、安次郎さんはニッと口の端を持ち上げた。
「もう誰の話してるかわかるだろ。覚えてないかもしれないけど、今の話に出てきた女の子が里ちゃんだから」
言われて記憶を辿ってみれば、そんな事があったようななかったような……。
あの時は受験の事で頭がいっぱいだったから、他の事を記憶している余裕がなかったんだ。
それにしても、夏保とそんな出会いをしていたなんて自分でも驚きだ。
「すんげぇ感動したんだって。自分の意見も言えなくて、言いたい事があってもいつも自分の頭の中だけで完結しちゃって……そんななつぽんの目に、里ちゃんはまさにヒーロー……いやこの場合ヒロインか。まあ、救世主みたいに映ったんだろうな。里ちゃんみたいに自分の言葉で、自分の体で、まっすぐに語れる人間になりたい。そう思ったんだってさ」
夏保は、昔から華やかだった訳じゃないんだ。
苦労して、努力して、そうやって積み重ねた今が、夏保っていう人間をやっと作り上げたんだ。
「んで俺の神の手によって、なつぽんは変わった。ん？　大げさ？　まあ、そんなこんなで泉野高校に入ったけど、目的の女の子はなかなか見付からなかった。名前も聞きそびれたし、探す手立てもなくて、もしかしたらあの子は受からなかったのかもしれない、そうも思ったらしい。それでも諦め切れないまま２ヶ月が経過した頃、体育の授業中にふと何気なく顔を上げると、教室の窓からなつぽんを見ていた女の子と目が合った。あのハンカチの女の子だった。そんでクラスを割り出して、ようやく女の子に辿り着いたんだよ。どうりでわからない訳だった。その子は眼鏡をかけた時と外した時の印象がまるで違って、そして授業中以外は眼鏡を外しちゃう事が後になってわかったんだって」

自分の話がまるで英雄譚《たん》みたいに話されるのは居心地が悪くて、喉が渇いてもいないのにストローに口を付けた。

「あたしは、そんな風に思ってもらえるような人間じゃないです。全然かっこよくなんかないし」

いじけてばっかりで、ぐじぐじ腐って。

夏保に助けてもらわなかったら、今でも穴の底で膝を抱えてた。

ヒーローはあたしじゃなくて、夏保の方だよ。

「でも、夏保にとっては紛れもなく英雄で、人生を変えちゃうくらいの出会いだったんだよ。再会出来た時、すげぇ嬉しそうにこの店に駆け込んできてさ、里ちゃんの事自慢してた。だけど里ちゃんに、初めて会った時の笑顔が欠けてるって、心配してたよ。俺が絶対にまたきらきら笑わせてやるって、やる気になってたっけな」

夏保、そんな事考えてたんだ……。

あたしのためにあそこまでしてくれたのは、そういう理由があったからなんだね。
嬉しいような、何も知らずに申し訳ないような、複雑な気持ちになる。
「どうして、その話を今あたしに？」
夏保に口止めされている事を勝手に話したりして、後で怒られたりしないんだろうか。
「だからさ、つまり俺が言いたいのは、あの隠れ頑固者を変えられるのは、多分世界中で里ちゃんだけなんだって事。落ち込んでたら励ませるのは里ちゃんだけだし、誰の声も届かない深みにはまってるとしたら、そこに声を届けられるのも君だけ。今なつぽんは友達を失って底知れない恐怖に負けそうになってる。だけど、そこから引っ張り上げられる人がいるとすれば、君だよ。だから諦めないで、なつぽんの傍にいて声をかけ続けてやってほしい」
落ち込んでいた心の奥に、じんわりと熱が広がっていくみたいだった。
「まあ、里ちゃんが大事な従弟を元気に出来なかったら、ちょっとお兄さん怒っちゃうかもなぁ」
「えええ？」
「そうだな、よし。諦めたり失敗したら、なつぽんじゃなくて俺の彼女になってもらおう」
「それは、すごく嫌なんですけど……」
「……傷付いてもいい？」
「というか、夏保以外の人とは誰であっても付き合えません」
「はい、ごちそう様です。なんかそれをなつぽんが聞けば一発で元気出そうだな、あいつ」
安次郎さんの言葉に、あたしはくじけそうになっていた気持ちを奮い立たせて、どんな事があっても夏保を支え続けようと決心した。
コヤナギさんが夏保を支えた分まで、これからはあたしが夏保を支える。
「安次郎さん、ありがとうございました。あたし、頑張ります」
安次郎さんはどことなく夏保を思わせる柔らかい顔で笑う。
「お礼に今度友達連れてきて、十人くらい。マジで店潰れそう」

「ファイト」

あたしがくじけそうな時、夏保はいつも隣で優しく声をかけてくれた。
だったら、あたしもとことん夏保のマネをしよう。
夏保が笑えるようになるまで、顔を上げられるようになるまで、いつまでもどこまでも、その隣に居座ってやる。
沢山一緒の時間を過ごした、楽しい思い出の詰まった中庭で、夏保のいつもより小さな背中を見付けた。
「夏保」
声をかけると、ゆっくり振り向いた夏保の顔は今にも泣きだしそうで。
この頃見る夏保の顔は、ずっとそんな感じ。
でももう諦めないよ。
夏保がそうしてくれたように、あたしが夏保を笑わせる。
「俺、負けそうだよ。もう駄目かも……」
立てて抱えた膝におでこを付けて、かすれた声で夏保が言う。
あたしは夏保の背中を優しくさすって。
「駄目じゃないよ。千回負けたって一万回負けたっていいじゃん。自分で諦めなければ人間はそんな簡単に終わったりしない。負けて負けて、また勝ちに行けばいいよ。一緒に、ゆっくり勝ちに行こう」
夏保はゆっくり顔を上げて、潤んだ瞳であたしを見つめ返す。
なんか、すごく久しぶりに夏保の目を見た気がした。
「今日からは、あたしがコヤナギさんの分まで夏保の相談に乗るから、だから一人で抱え込んで行き詰まらないで。すぐじゃなくてもいいから、前を向けるようになるまで一緒に歩こう。あたしじゃ頼りないかもしれないけど、ずっと夏保の隣にいるよ」
励ましているはずなのに夏保の目はさっきよりも潤んで、目に涙が溜まっていく。
な、なんで泣くの……!?
あたし何かまずい事でも言っちゃったんだろうか。
でも、もう逃げないぞ。
今度はあたしだけじゃなくて、夏保と一緒に笑うんだ。
「ファイト！」
夏保の背中を叩いて、あたしはコヤナギさんの言葉を口にした。
夏保は一瞬ぽかんとして、ついに溜まった涙がつぅっと頬を流れたけれど。
思いきり泣き顔の、思いきり嬉しそうな顔で笑った。
「里ちゃん、ありがと」

それから少しずつだけど、夏保は元気を取り戻していった。

あたしは焦ってたんだ。
夏保の気持ちも考えないで、自分のために急いで夏保を元気にしようとしてた。
だけどもう、すぐに元気になってほしいなんて思わない。すごく時間がかかってもいいから、上辺《うわべ》だけじゃなくて心の底から夏保が前を向けるように、隣を歩いていくって決めた。
あたしにはコヤナギさんの代わりは無理だけど、それならあたしにしか出来ないあたしなりのやり方で夏保を支えればいいんだって気付いたから。
「夏保、無理に笑わなくてもいいからね？」
少しずつ夏保の笑顔が増えてきて、逆にそれが無理してるんじゃないかって心配にもなる。
あたしの気遣いの言葉に、夏保は首を横に振った。
「俺、無理はしてないよ。コヤナギさんの『ファイト』は、なくなったりしないってわかったんだ。ずっとずっと、俺の胸の中で元気を生み出してくれる言葉だから。里ちゃんが、それに気付かせてくれたんだよ。見失いそうになってた俺に教えてくれた」
やっぱり夏保には笑顔がよく似合う。
見とれてしまうような最高の笑顔の横で、あたしもつられて顔をほころばせた。
「そういえば聞いたよ。安次郎さんに、あたし達の出会い」
「え!?」

これは言っておいた方がいいだろうと思って口にしたら、夏保は思った以上に驚きの表情を見せた。
「アンちゃんの奴……絶対に言うなって口止めしといたのに」
「ねえ、どうしてそこまで隠そうとするの？　あたし夏保と前に出会えてたんだって知れて嬉しかったよ」
「うん、里ちゃんならそう言ってくれると思ったから。誕生日とか特別な日に自分の口から言いたかった」
ああ、そういう事か。
夏保って結構ロマンチストなんだな。
「誰の口から聞いたって、この嬉しさに違いはないよ。あたしが夏保の事大好きって気持ちと一緒でさ」
「そ、そう。でも俺の方が里ちゃんの事好きだと思う」
照れながらそんな事を言うから、あたしはまたむきになる。
「あたしの方が絶対に好きだもん」
「これだけは譲らない。俺の方が好きだ」
この場に忍達がいたら絞め殺されそうな痴話ゲンカを繰り広げながら、夏保との幸せな午後は過ぎていった。

そして君へ
辿り着く

勇気のプレゼント

夏保と手をつないで校門までの道を歩く。
手は自然につなげるようになったけど、相変わらずそれ止まりだ。
夏保は今までの猛アタックが嘘みたいに奥手になっちゃうし、幸せだけどあたし達の距離ってずっとこのままなのかなって不安になる。
好きだからもっと近くにいたいと思う。
大好きだから、もっともっと近付きたいと思う。
これって欲張りなのかな。
「俺、今日誕生日なんだ」
「へぇ、そうなんだ」
ああ、夏保に心も体も近付きたい。
こんな事考えてるあたしって、いやらしいんだろうか……。
…………って。
何か今大事な事を聞き流したような気が。
「ごめん、もう一回言って」
「今日、俺の誕生日」
「え、えええぇええっ!?　なんで当日に言うの!?」
夏保は「よかった、普通に流されるかと思った」と一言呟きを漏らした。

「どうしよう、プレゼント今から買いに……」
「買った物なんかいらないよ」
「え、ええ!?　じゃあ何が欲しいの？」
夏保はほんのりと頬を赤く染めて、あたしの様子を窺うような目をした。
「今日一日、里ちゃんが一緒にいてくれれば、それが最高のプレゼントなんだけど……駄目？」
「だ、駄目な訳ないでしょ！」
もうなんでこんなにかわいいんだ、夏保。
抱き締めたい！　でも恥ずかしい……！
「今からうちに来てくれる？」
心の中でもだえていると、夏保がそんな事を言った。
「うん、行く行く」
夏保の家には前にも行った事があるし、軽い気持ちで答えたあたしだけど。
「今日は俺以外誰もいないから」
「え……」
頭がショートしそうになって、必死でそれの意味するところを考えてみる。
なんで、夏保はわざわざそれを口にしたんだろう。
あたしに心の準備をさせるため？
男の人が一人の家に上がり込むのって、そういうのOKっていうサインだって言うし……このままのこのこ付いていってもいいんだろうか。

でも、夏保となら、もしそうなってもいいやというか、むしろ、そ、そうなりたい、とか……。
って、何考えてんのあたし！
夏保はそんなつもりで言ったんじゃないって。
深く考えないで夏保の誕生日を一緒に楽しくお祝いしよう。
でも、一応覚悟は決めておこうかな……。
覚悟を胸に緊張しながら夏保の部屋へ入ったあたしだけど、やっぱり夏保は夏保のままだった。
緊張しすぎてコップを落として割ったり、お菓子を出したと思ったら、消費期限が切れて捨てようと思ってたらしいお菓子を出してきたり。
夏保のドジぶりはもうお馴染《なじ》みだから、あたしは笑って落ち込み気味の夏保を励ました。
笑っているうちに、部屋へ入る前に抱いていた緊張や思いはどこかへ飛んでいった。
「そんなに笑わなくても」
あたしの対面に座る夏保が、いじけたように口をとがらせる。
「バカにして笑ってるんじゃないよ。夏保かわいいなあって思って笑ってるの」
「か、かわいい？」
「あ、思わず言っちゃった。男の子にかわいいって失礼になるのかな？」
夏保は少し考える素振りを見せて。

「里ちゃんだから許す」
本当に夏保はあたしに甘い。
でも誕生日なのに、こんないつもと変わらない話ばかりして夏保は満足なんだろうか。
ちらっと夏保に視線をやると、なんだか落ち着かないというようにそわそわしている。
どうしたのかな、と声をかけようと思ったら。
「里ちゃん、あのさ。……隣、いいかな？」
意を決したように、緊張した面持ちであたしの隣を指差した。
なんだ。
急に真剣な顔するから何を言われるのかと思ってドキドキしちゃったじゃない。
「いいよ」
彼氏なんだから、あたしの隣くらいもっと堂々と居座ってほしいな、なんて。
まあでも、こういうシャイなところが夏保のいいところで、あたしの好きなところでもあるんだけどさ。
夏保は緊張が解けたように笑って、腰を上げるとあたしの方へ一歩足を踏み出した。
ところが。
「どわっ!?」
カーペットに足を取られて、夏保がバランスを崩したんだ。
期待を裏切らないなあ。

やっぱり何かやらかさないと夏保じゃないのかな。
斜めに倒れる夏保の体をなんだかスローモーションのように感じながら見つつ、そんな事を考える。
なんか夏保の体がこっちに倒れてくるんですけど。
あれ、あたし避《よ》けないとまずいんじゃない？
そう思った時にはもう遅くて。
ドサッという音と共に、あたしは夏保の下敷きになった。
時間も音も止まったように、部屋の中に静寂が訪れる。
事故なのに。
初めて感じる男の子の体重に、段々と胸が高鳴っていった。
あたしに覆いかぶさった格好の夏保は腕の力で起き上がると、下敷きになったあたしを確認してヒクッと顔を引きつらせた。
次の瞬間には火を噴きそうなほど顔を赤くして、あわあわと口を動かす。
「ご、ごごっごごごメン……ッ！」
思いっきり声を上ずらせて、慌ててあたしの上から体をどけようとした夏保。
そんな夏保の服の胸の部分を、気が付いたらあたしの手がギュッと掴んでた。
またしても時間が止まったように、二人の間に沈黙が流れる。
「さ、里ちゃん？」
あたしの行動が読めずに、夏保は恥ずかしさに目を潤ませて問いかけてくる。
あたしも、どうしてこんな事をしているのか自分でもよくわからなかった。
ただ、手が勝手に動いてしまったんだ。
夏保と離れたくないって、勝手に動いてしまった。
至近距離で、夏保の目を見つめて、あたしはその言葉を口にした。
「夏保。キス、して……？」
目を見開く夏保をまっすぐに見つめて、あたしも頬が熱くなるのを感じた。
夏保の事だから、取り乱して逃げ腰になっちゃうのかな、って正直思った。
でも。
「……いいの？」
顔は赤いままだったけど、真面目な顔で夏保が聞き返してきた。
夏保は逃げずに、ちゃんとあたしの勇気を受け取ってくれたんだ。
嬉しくて、好きすぎて、あたしは溢れそうな気持ちのまま小さく頷いた。
そっと、夏保の右手があたしの頬に添えられて、あたしは目を閉じた。
――唇に熱が触れる。
優しくて、温かくて、溶けそうになるほど甘い、夏保との初めてのキス。
触れるだけのキスだったけど、夏保の優しさと愛がすべて流れ込んでくるみたいだった。
一瞬だけ触れて離れた唇に寂しさを感じながら、ゆっくりと目を開ける。
夏保の優しい眼差しが、あたしを捉えていた。
こんなに近くで、夏保の目を見るの初めて。
すごく綺麗で、吸い込まれそう。
もう限界だったみたいで、まだ握ったままだった夏保の服を夏保の手が優しくほどいて、あたし達の体は離れた。
夏保はあたしの隣に腰を下ろし直して、緊張が切れたみたいに長い溜息を吐いた。
「あー……心臓、痛いくらいドキドキしてる」
額に手をやって、あたしから顔を背ける夏保。
あたしの位置から見える夏保の顔は、耳まで真っ赤だった。
勇気、出してくれたんだ。あたしのために。
抱き付きたい衝動に駆られたけど、今の夏保にそれをやったら本気でパンクしちゃいそうって思ったから我慢した。
本気で幸せ。
夏保の誕生日なのに、あたしの方がプレゼントをもらってしまった気分だ。
キスの後、あたし達の間に会話はなかった。
でも二人の間の沈黙はすごく満たされてて、少しも気まずい空気じゃない。

隣に腰かけた夏保の手が伸びてきて、ぎゅっとあたしの手を握った。
なんだか話をするような雰囲気じゃなくて、二人とも黙ってた。
ちらっと隣に視線をやると、目が合って夏保が優しく微笑む。
その頬はうっすらと赤かった。
「臆病なんだよ、俺」
夏保が前を向いたままで、突然そんな事を言う。
「そのせいで里ちゃんに不安な思いさせてるかもって事にも気付いてたけど、怖くて動けなかった。いい格好しようとしていつも失敗して、里ちゃんにかっこ悪いとこ見せてばかりで、本当はみじめで死ぬほど恥ずかしいけど、でもそんな俺でも里ちゃんには目をそらさないで全部、ずっと見ていてほしいって思う。俺、女の子がどんな事されたり言われたら嬉しいかとか、かっこよく決める方法とか全然わかんないけど……わかんないから自分流で行くよ。里ちゃんが嬉しいとか、楽しいとか、幸せって思えるように、これからはそれを一番に自分で考えて行動する」
はにかむように笑ってくれた夏保の手を、あたしは固く握り返して笑顔で返す。
「じゃあ、あたしは夏保の幸せを一番に考えるね。そうすれば二人で幸せになれるよ」
不安になってた自分がバカみたい。

夏保はちゃんといつだって、あたしの事を考えてくれていたのに。
「ああ、やばい。最高の誕生日だ」
夏保が本当に幸せそうに言うから、あたしまで最高に幸せな気持ちになった。
「あ、でもね、夏保。一つ言いたい事があるんだけど」
あれだけ恋愛を拒絶してた自分がこんな事言おうとしてるなんて、なんか不思議だ。
だけど夏保にはあたしの思ってる事、考えてる事、全部伝えたいって思う。
「あんまりあたしに気を遣いすぎないで。その、手とかつないだり、隣り合って座ったり、キスしたり、いちいちあたしに許可取ったりしなくていいから、もっとしてほしいんだ」
恥ずかしさを我慢して言うと、夏保はぎゅっとあたしを抱き締めてきた。
「そんな事言われたら、俺キス魔になるよ？」
耳元で紡がれる甘い言葉に胸がきゅんとなる。
「俺だって男だし。もっと触れたい気持ちを里ちゃんを傷付けたくなくて必死に抑えてたんだから」
「あたしは、もっと夏保と近付いていたいよ」
「じゃあ、覚悟して」
夏保が真顔で言うから、心臓がどくんって飛び跳ねた。
あたしの頬に手を添えて、瞳の奥を覗き込みながら。

「俺、少しわがままになるから」
もう一度、今度はさっきよりも少し長いキスをした。

薬指

「里ちゃん」
後ろから突然腕が回ってきて、そのままぎゅっと抱き締められる。
「ち、ちょっと夏保、周りに人いる」
「関係ない」
そう言ってあたしの首筋に顔を埋める。
誕生日の日以来、夏保は人が変わったように積極的で、あの時の『覚悟して』が口だけじゃない事を思い知らされる事になった。
さすがに人前でキスはしてこないけど、それでも前よりずっとあたし達の距離は近くなった。
胸を張って隣を歩いてくれるし、堂々と何も言わずにあたしの手を握ってくれるし、黙って愛情いっぱいのキスもくれる。
ここまで積極的な夏保にはまだ少し慣れないけれど。
恥ずかしくても、夏保に触れていられる事が何よりも嬉しい。
学校ではほとんど夏保と二人きりで過ごしてる。
忍達や夕子達は、あたし達のラブラブぶりに嫌気が差して、近付いてこようとしないんだ。

理科準備室に忍び込んで、二人でお昼を食べるのがあたし達の日課だ。
「里ちゃん、キスして？」
二人きりになると夏保の甘々度は五割増しになる。
普段は何も言わずに、キスしたくなったら自分からしてくるのに、たまにこうやってあたしに甘えてくるんだ。
正直恥ずかしいんだけど、いつもは夏保が沢山あたしに愛情をくれるから、お返しの意味も込めてキスしてあげる。
まだ二人のキスは唇が触れ合うだけのキスだけど、充分にお互いの気持ちを交わす事が出来る。
キスしてって自分から言ったくせに、口付けの後、いつも照れたように頬を赤く染めて微笑む。
いつまで経っても純情さが抜けきらない夏保の、そんなところもたまらなく好き。
「なあ、お前らまだキスまでなの？」
教室に戻ったあたしに丈が話しかけてきた。
忍だけじゃなく夕子や美晴まで興味津々にあたしの周りに寄ってくる。
「そう、だけど。悪い？」
照れ隠しに少し丈を睨み据えると、丈は大股広げて椅子に腰かけながらデリカシーのない事を言った。
「殺意覚えるくらいラブラブなのに、なんでまだヤッてないの？」
「ちょ、やめてよ！　あたしと夏保はそんな生々しい関係じゃないんだから！」
「え、じゃあどんな関係なの？　ずっとキスしかしないつもり？」
夕子がニヤニヤ顔で追い討ちをかけてくる。
「もう、関係ないでしょー！」
恥ずかしさに耐えかねて、あたしは机の周りから丈達を追い払った。
そんなあたしを見て、丈達はおかしそうに声を上げて笑う。
……キスまでなら、自分から言えたけど。
それ以上の事って、なんか言いづらいよ。
夏保とならどうなってもいいって思うのは本心だけど、そのきっかけを自分から投げかけるっていうのはとても勇気のいる事で……。
女のあたしからそんな事言って、夏保に幻滅されたりしないだろうかとか、もし恥ずかしさが理由でも拒まれたりしたらショックで立ち直れないかもとか、色々と考えて身動きが取れなくなってる。

もやもやとしたまま放課後になり、教室に迎えに来てくれた夏保と一緒に帰る。
丈に言われた事を気にして、いつも以上に夏保の事を意識してしまう。
夏保は、どう思ってるんだろう。
あたしと、そういう関係になりたいって思ってるのかな……。
だとしたら、ここはあたしから行くべき？
色んな事に頭を巡らせながら夏保の顔を見上げると、なんだか緊張したような、何か言いたそうな目であたしを見ていた。
いつもと様子の違う夏保が心配になって「どうしたの？何かあった？」と聞いてみた。
「うん、言いづらいんだけど」
夏保は足を止めて一度言葉を切ると、あたしの目を見つめて真剣に言った。
「里ちゃんは、俺と、その……エッチしたいって思う？」
何か口に含んでいたら、ぶはーっと盛大に噴き出していたところだ。
あまりにストレートすぎる。
そういう聞き方ってないだろう。
もっとこう、スマートに言えなかったんだろうか。
夏保のまっすぐさがこの時は恨めしかった。
夏保がこんな事言うなんて、普通じゃ考えられない。
きっと丈にでも何か吹き込まれたんだと思う。
それでも夏保がそれを言うのに、かなりの勇気を必要とした事は明らかだ。
あたしもはぐらかしたら駄目なんだと思った。
「怖いけど、夏保となら、どこまでも一緒に行きたい。それがあたしの正直な気持ち」

あたしの目の前の位置に回り込んだ夏保は、顔を赤くして大きな声で言った。
「里ちゃんを、俺にください！」
頭を下げられて思わず。
「もらって、ください」
と答えてしまった。
なんか変なやり取りだけど、あたし達の間の流れって考えてみるといつもこんな感じ。
でも、近くに他の人がいなくてよかった。
今の会話を聞かれたら恥ずかしさで死んでいたかもしれない。
「今日、誰もいないから」
夏保の家に上がる時に、そう言われた。
「うん」
ドキドキする胸を抑えて、あたしは夏保の後に続く。
夏保の部屋に着いて、二人で無言のままベッドの縁に腰かけた。
そっと触れてきた夏保の手に、自分の指を絡めて「いいよ」の合図。
夏保はあたしに優しいキスを一つ落とすと、そのままゆっくりとあたしの体をベッドの上に押し倒した。
何度もキスをして、自分の服が少しずつはだけていくのがわかる。
「里ちゃん……」

夏保の囁くような声に耳をくすぐられて、あたしは返事の代わりに夏保の手を握り返した。
ああ、あたし夏保と一緒になるんだ、と心を決めた途端。
夏保の手が止まる。
どうしたのかな、と思って目を開けると。
困ったような顔で夏保があたしを見返していた。
「……あの……この後どうすれば？」
流れる沈黙。
ぶち壊れるムード。
思わぬ発言に、あたしは一瞬きょとんとして、次の瞬間、大きな笑いが込み上げてきた。
緊張していた分、その笑いは一度出たら止まる事を知らない。
お腹を抱えて笑い転げるあたしに、夏保はちょっとむっつりいじけたような表情になった。
「そこまで笑う？」
「ご、ごめん、だって。あたしもよくわからないから」
まだ収まらない笑いを必死に堪えてあたしはその場に体を起こす。
「ねえ夏保、なんだか焦っちゃう事もあるけど、あたし達そんなに焦らなくてもいいんじゃないかな。二人ともまだまだ未熟だし、だからこそこれからどんどん前へ進んでいける。だってずっと、どこまでも一緒にいるって決めたんだもん。だから少しずつ歩いていけばいいよ。ね？」

あたしが笑ってそう言うと。
「うん、そうだね」
夏保も一緒に笑ってくれた。
ほんと、焦らなくたっていいんだ。
少しずつ育《はぐく》んでいけばいい。
周りに何を言われようと、それに踊らされる必要なんてない。
一歩ずつ進んでいけば、それがあたし達の未来につながるんだから。
「それ、毒だから」
夏保はあたしのはだけた制服に、戸惑いの目を向けて言った。
シャツのボタンを留めて、ほどけたリボンを結んで。
覚束《おぼつか》ない手で服を直してくれる夏保の事がたまらなく愛おしくて、あたしは「ねえ、夏保」と名前を呼んだ。
「ん？」
顔を上げた夏保の唇にそっと唇を重ねる。
「大好き」
溢れる気持ちをそのまま言葉に乗せると、夏保はふんわりと微笑んで。
「俺も」
こんなに幸せでいいんだろうか。
ほわほわと天にも昇る心地のあたしとは裏腹に、夏保は少しだけ複雑な顔をしている。

首を傾げて夏保を見やると、困ったように視線をそらした。
「でも、今はキスするの、やめてほしかった。きついんだぞ、結構」
そんな言葉を漏らすから、あたしはおかしくてまたクスリと笑ってしまった。

「じゃあ、またね夏保」
「うん、気を付けて帰って」
夏保に手を振って高部家を後にする。
駅までの道を歩いていると、向こうから見覚えのある人影が見えた。
夏保のお母さんだ。
「あら、里さん。もしかしてうちに来てた？」
「こんにちは。さっきまでお邪魔してました」
「おもてなし出来なくてごめんね。あぁ、もう少し早く仕事が終わってれば……っ！」
そう言って舌打ちしたお母さんの目線が、あたしの右手に注がれる。
「あ、その指輪。夏保にもらったの？」
あたしの右手の中指には、前に夏保にもらった家宝の古い銀の指輪がはまっている。
あたしはお母さんに見付かったのが少し恥ずかしくて、うつむいて「はい」と答えた。
「ねえ、その意味。もう夏保に聞いた？」

お母さんは何か面白いものを見付けたと言わんばかりの顔でアタシを見返す。
「意味、ですか？　聞いてないです」
ふっふっふ……と不敵な笑みを零したお母さんは、ほくそ笑んであたしに耳打ちした。
「その指輪ね、曽祖母《そうそぼ》から高部家に受け継がれてきたもので、受け継いだのが女だったら結婚指輪に、男だったら相手の女性に婚約指輪として贈れば、二人は結ばれてずっと仲良く一緒にいられるっていう言い伝えがあるの。夏保の奴、里さんにプレゼントするなんて隅に置けないわねぇ」
そんな、意味があったんだ……。
あたしは胸が熱くなるのを感じた。
「おばさん、もう一回おうちにお邪魔させてください！」
返事も聞かずにあたしは来た道を駆け戻った。
高部家の玄関を叩くと、驚いた顔の夏保が迎えてくれる。
あたしは夏保が何か言おうとするのを遮って、その胸に飛び込む。
「夏保、大好き……」
「ど、どうしたの、里ちゃん」
理由が呑み込めずおたおたしている夏保の前に、あたしは自分の右手をかざした。
そして中指から外した指輪を、自分の左手の薬指にはめ直す。
ようやく意味がわかったみたいで、夏保は「あ……」と小さく声を漏らした。
「誰かに、聞いた？」
夏保は顔を赤くして、ぽりぽりと頭の後ろをかいた。
「俺、本気だからね」
真顔でそう言った夏保の胸にもう一度抱き付く。
――ああ。本当にこの人の事が好き。
毎日毎日、段々と夏保の事が好きになっていく。
これから毎日、おとといよりも、きのうよりも、あなたの事が大好きです。

【END】

あとがき

一途《いちず》な恋愛ものが書きたい。
それがこのお話を考え始めた動機です。

ノートに案を書きためる構成の段階では、夏保は話を聞かない、空気を読まない、少しチャラくて、なぜか里の生年月日から、家族構成、趣味、好きな食べ物まで情報を完全に網羅している、人の迷惑をかえりみずに突き進む、ちょっとぶっ飛んだ子でした。

けれどお話を練っていくうちに、少しずつキャラの人間像が固まってきて、最終的に今の形に落ち着きました。

お話を書くのは本当に楽しいですし、幸せです。
時たま疲れて休む事もありますが、少し時間が経つと、また猛烈に書きたくなります。

ですが、本当に"書くだけ"だったら、ここまで楽しいと思えなかったかもしれません。
自分の小説を読んでくださる方々がいるからこそ、この幸せを味わえているんだと身に沁《し》みます。

この作品を本にするにあたってご尽力くださいました、アスキー・メディアワークスの皆様と、忙しいスケジュールの中、多大なお力添えと心強いお言葉をくださった担当Y様。
いつも温かい目で見守ってくださる読者の皆様。
そして落ち込みやすい私を、いつもどん底から引っ張り上げて激励してくれる家族のみんなに、深い深い感謝の気持ちでいっぱいです。

本当にどうもありがとうございます！

まだまだ書きたいお話が沢山あるので、ネタが尽きるまでお付き合いいただけると嬉しいです。
それでは！

あや

※この物語はフィクションです。実在の人物・団体等は一切関係ありません。

本書に対するご意見、ご感想をお寄せください。

あて先

〒102-8584
東京都千代田区富士見1-8-19

アスキー・メディアワークス
魔法のiらんど文庫編集部
「あや先生」係

著者・あや ホームページ

「Azucar」

http://ip.tosp.co.jp/i.asp?I=aya_azucar

「魔法の図書館」

（魔法のiらんど内）

http://4646.maho.jp/

魔法のiらんど

会員数600万人、月間PV27億を誇る日本最大級の携帯電話向け無料ホームページ作成サービス（PCでの利用も可）。魔法のiらんど独自の小説執筆・公開機能「BOOK機能」を利用したアマチュア作家が急増。これを受けて2006年3月には、ケータイ小説総合サイト「魔法の図書館」をオープンした。ミリオンセラーとなった『恋空』（著：美嘉、2007年映画化）をはじめ、2009年映画化『携帯彼氏』（著：kagen）、2008年コミック化『S彼氏上々』（著：ももしろ）など大ヒット作品を生み出している。魔法のiらんど上の公開作品は現在230万タイトルを超え、書籍化された小説はこれまでに420タイトル以上、累計発行部数は2,600万部を突破。教育分野へのモバイル啓蒙活動ほか、ケータイクリエイターの登竜門的コンクール「iらんど大賞」を開催するなど日本のモバイルカルチャーを日々牽引し続けている。（数字は2011年7月末）

魔法のiらんど文庫

きのうよりも君が好き

2012年1月25日　初版発行

著者　あや

装丁・デザイン　カマベヨシヒコ(ZEN)

発行者　高野 潔

発行所　株式会社アスキー・メディアワークス
〒102-8584
東京都千代田区富士見1-8-19
電話03-5216-8376(編集)

発売元　株式会社角川グループパブリッシング
〒102-8177
東京都千代田区富士見2-13-3
電話03-3238-8605(営業)

印刷・製本　大日本印刷株式会社

小社ホームページ　http://asciimw.jp/

ISBN978-4-04-886303-2　C0193

魔法のiらんど文庫創刊のことば

『魔法のiらんど』は広大な大地です。その大地に若くて新しい世代の人々が、さまざまな夢と感動の種を蒔いています。私達は、その夢や感動の種が育ち、花となり輝きを増すように、土地を耕し水をまき、健全で安心・安全なケータイネットワークコミュニケーションの新しい文化の場を創ってきました。その『魔法のiらんど』から生まれた物語は、著者と読者が一体となって、感動のキャッチボールをしながら生み出された、まったく新しい創造物です。

そしていつしか私達は、多数の読者から、ケータイで既に何回も読んでしまったはずの物語を「自分の大切な宝物」、「心の支え」として、いつも自分の身の回りに置いておきたいと切望する声を受け取るようになりました。

現代というこのスピードの速い時代に、ケータイインターネットという双方向通信の新しい技術によって、今、私達は人類史上、かつて例を見ない巨大な変革期を迎えようとしています。私達は、既成の枠をこえて生まれた数々の新しい物語を、新鮮で強烈な新しい形の文庫として再創造し、日本のこれからをかたちづくる若くて新しい世代の人々に、心をこめて届けたいと思っています。

この文庫が「日本の新しい文化の発信地」となり、読む感動、手の中にある喜び、あるいは精神の支えとして、多くの人々の心の一隅を占めるものとなることを信じ、ここに『魔法のiらんど文庫』を出版します。

2007年10月25日

魔法のiらんど
谷井 玲

maho no iland bunko
魔法のiらんど文庫
毎月
25日発売
片翼の瞳
teddy bear
Love Heart
一期一会
泣き顔にKISS
恋空
Sweet Honey
春恋
いぢわる3兄弟

魔法のiらんど文庫

information

高校生の等身大の恋を描いて共感を呼んだ
大人気ラブストーリー！

高校２年生の皆川波流は入学してからずっと片想い中。
相手は親友・沙都の彼氏、小日向陽。
だから、沙都の幼なじみ・錬太郎からは「邪魔な女」と言われてしまう。
絶対に小日向くんをあきらめなければいけない波流だったが……。

そして世界は全て変わる

soshite sekaiha subete kawaru

「伊東ミヤコ」著

魔法のiらんど文庫
information

ヤンキーお嬢様 × 超絶美形ドS執事
激甘セレブちっくラブストーリー!!

高校1年生の苺は不良少女だけど、大企業を経営する超お金持ちの一人娘。
ある日、彼女の通うセレブな学園に、
お嬢様たちを騒がせるイケメン転校生がやってきた。
全く興味のない苺だったが、やたらと絡んでくるソイツに、
いきなりキスされてしまって！
その男の正体は…なんと、苺の新しい執事だった!!

アタシの執事

atashi no shitsuji

「松(まつ)」著